La Blonde
au coin de la rue

Dans la même collection :

1. Jim Thompson : *Liberté sous condition*
2. Charles Williams : *La Fille des collines*
3. Jonathan Latimer : *Gardénia rouge*
4. Joseph Hansen : *Par qui la mort arrive*
5. J. Van de Wetering : *Comme un rat mort*
6. Tony Hillerman : *Là où dansent les morts*
7. John P. Marquand : *Merci, Mister Moto*
8. John P. Marquand : *Bien joué, Mister Moto*

Hors collection :

Joseph Hansen : *Le Noyé d'Arena Blanca*

ISBN : 2-86930-017-4

Titre original : The Blonde on the Street Corner
1re publication : Lion Books - New York - Janvier 1954

5-7, rue Paul-Louis Courier - 75007 Paris
10, rue Fortia - 13001 Marseille

David Goodis

La Blonde au coin de la rue

Traduit de l'américain
par Jean-Paul Gratias

Collection dirigée par
François Guérif

rivages/noir

1

Adossé au mur de briques de la confiserie Silver, au coin de la rue, Ralph se disait qu'il était temps de rentrer, et d'aller dormir un peu. Il était deux heures et demie du matin ; il aurait dû être couché depuis longtemps. Le vent de décembre qui lui cinglait le visage semblait le taillader de toutes parts, comme des lames de rasoir fouillant les chairs pour atteindre l'os. Ralph se répétait sans cesse qu'il devrait rentrer chez lui, et se glisser sous une couette bien chaude. Mais, sans trop savoir pourquoi, il n'arrivait pas à s'arracher à ce coin de rue. Et il ne quittait pas des yeux la blonde postée sur le trottoir d'en face.

Elle portait un manteau de rat musqué, serré à la taille, qui accentuait la courbe de ses hanches larges. Coupé plutôt court, il dévoilait aussi ses jambes dont les mollets galbés complétaient harmonieusement la finesse des chevilles. Quant aux talons hauts sur lesquels elle était juchée, ils mettaient en valeur, en la surélevant de plusieurs centimètres, les contours provocants de sa lourde poitrine. Il y avait plusieurs minutes que la blonde était plantée là et qu'elle souriait à Ralph, attendant qu'il traverse la rue pour lui dire bonjour.

Cesse donc de la regarder, se disait Ralph. C'était une femme mariée qui habitait le quartier, pour commencer. Et d'autre part, c'était la belle-sœur d'un de ses meilleurs amis. De ce point de vue-là, Ralph n'avait aucune raison de lui faire des amabilités. De plus, au fond de lui-même, elle lui faisait peur. Il y avait quelque chose, chez cette femme, qui lui mettait le cerveau en ébullition, et cela l'angoissait vraiment.

Ralph n'arrivait pas à comprendre pourquoi. Elle avait tout de l'article au rabais. Des filles comme elle, on en trouvait à la pelle : une blonde déjà mûre, aux cheveux décolorés par l'eau oxygénée, le visage surchargé de rouge à lèvres et de mascara, et qui arpentait la rue en roulant les hanches, comme si elle faisait une danse du ventre. Il suffisait à Ralph de la regarder pour se sentir sale, et il s'exhorta à détourner les yeux. Mais ceux-ci restaient braqués sur la grosse poitrine, la taille fine et les hanches larges de la blonde. Dans sa tête, il se projeta une autre image d'elle : le manteau disparut, et il la vit, là, devant lui, complètement nue.

A ce moment précis, elle leva le bras et lui fit signe de s'approcher. D'une voix sirupeuse, elle lui lança depuis l'autre côté de la rue :

– Hé, toi !

Ralph ne répondit pas.

La blonde porta une cigarette à sa bouche.

– Hé ! Tu as du feu ?

Machinalement, Ralph plongea la main dans la poche de son manteau miteux. Ses doigts rencontrèrent la tranche d'une pochette d'allumettes. Mais il la laissa dans sa poche, tandis que la blonde, posant ses mains sur ses hanches, changeait de position pour faire porter tout son poids sur une seule jambe.

– Alors ? lança-t-elle.

C'était un défi. Comme si elle savait que Ralph avait peur d'elle.

S'écartant du mur de briques, Ralph sortit la pochette d'allumettes et gagna le bord du trottoir. Puis, d'un pas lent, il traversa la rue, en se disant que cela ne l'engageait à rien ; il lui offrait du feu pour sa cigarette, et c'était tout. Il se promit bien que ça n'irait pas plus loin.

S'approchant d'elle, Ralph gratta une allumette qu'il abrita dans sa main repliée, et avança la flamme vers la cigarette. La blonde aspira la fumée. Ralph s'efforçait de ne pas la regarder, mais elle avait des yeux aux reflets verts qui attiraient les siens comme des aimants.

Lentement, elle tira sur sa cigarette, recula d'un pas et examina Ralph de la tête aux pieds.

– Tu as besoin d'un manteau neuf, déclara-t-elle.

– Je sais.

– Pourquoi tu ne t'en payes pas un ?

– J'ai pas les moyens, dit Ralph.

– Tu es si fauché que ça ?

– Ouais, fit-il. Je suis vraiment fauché.

De nouveau, elle le détailla de haut en bas.

– Tu ne manquerais pas d'allure, dit-elle, si tu avais des vêtements corrects.

Ralph ne réagit pas.

– Qu'est-ce que tu fais, comme boulot ? demanda la blonde.

– Je suis au chômage.

Elle garda le silence quelques instants, tirant de longues bouffées de sa cigarette. La fumée s'échappait de ses narines, et elle la regardait s'élever en minces volutes. Ses yeux étaient fixés sur la colonne de fumée quand elle murmura :

– Tu as une petite amie ?

– Non.

– Comment ça se fait ?

Ralph haussa les épaules.

– Il faut du fric, pour ça.

– Pas toujours, dit la blonde. Penchant la tête sur le côté, elle l'examina de nouveau, de ce regard calculateur qui mettait Ralph au supplice. Puis, laissant un sourire s'esquisser peu à peu sur ses lèvres, elle ajouta : Je ne vois pas pourquoi tu ne pourrais pas avoir une petite amie. Dans ton cas, ça ne coûterait pas un sou.

Ralph fronça légèrement les sourcils.

– Qu'est-ce que vous en savez ?

– Tu as quelque chose, dit-elle. Quelque chose de spécial. Je le vois tout de suite quand un homme a quelque chose de spécial.

La perplexité de Ralph s'accentua. Il restait planté là, se répétant sans cesse qu'il fallait foutre le camp, et il était incapable de faire un pas. Il entendit la blonde ajouter :

– Tu n'es pas comme les autres minables qui traînent dans le coin. Il y a quelque chose, chez toi, qui est différent. Je n'arrive pas à mettre le doigt dessus, mais tu peux être sûr que j'aimerais bien le trouver.

Ralph tenta d'effacer son froncement de sourcils par un sourire, mais il ne parvint qu'à prendre un air renfrogné, et d'une voix plus tendue qu'il ne l'aurait voulu, il demanda :

– Vous cherchez les ennuis ?

– Je cherche quelque chose de spécial.

– Dans quel genre ?

– Du genre qui permet de passer un bon moment.

Ralph ne sut que répondre à cela. Figé sur place, l'air maussade, il clignait des yeux en se demandant ce qu'il pourrait bien dire.

La blonde tira une nouvelle bouffée de sa cigarette.

– Je crève d'envie de passer un bon moment, reprit-elle. Il y a tellement longtemps que ça ne m'est pas arrivé... j'ai du mal à me rappeler à quoi ça ressemble. Je veux parler du genre de séance qui me fait perdre les pédales, qui m'expédie sur un grand-huit en folie. Je ne rêve que de ça.

Baissant la tête, Ralph contempla le cuir fendu de ses chaussures avachies. Son air maussade s'effaça, et, le visage éteint, il marmonna :

– Ça ne se fait pas, de parler comme ça.

– Pourquoi ?

– Vous êtes une femme mariée.

– Bon sang ! coupa-t-elle. On n'est plus des gosses !

Ralph secoua la tête.

– Je ne fricote pas avec les femmes mariées.

– Allons je t'en prie !

– Je ne plaisante pas. Il braqua sur elle un regard vide de toute expression. Je n'ai jamais manqué de respect à une femme, et je n'en laisse aucune me manquer de respect. A mon avis, la meilleure chose que vous ayez à faire, c'est de rentrer chez vous pour y retrouver votre mari.

– Ce guignol ? fit-elle avec un ricanement méprisant. Il n'est même plus capable de me faire rire. Il me fatigue, c'est tout ce qu'il sait faire. Mais pas comme tu pourrais le penser.

Ralph eut un sourire forcé.

– C'est votre problème.

– Ça, c'est sûr. Mais c'est un problème que je ne peux pas régler toute seule. C'est d'une voix tout à fait neutre qu'elle ajouta : Tu veux me donner un coup de main ?

– Non.

– Tu as peur ?

Pendant quelques instants, Ralph garda le silence. Puis il hocha la tête.

– Pourquoi ? murmura la blonde, en s'approchant d'un pas.

Ralph sentit son souffle sur son visage, comme une vapeur chaude qui chassait le vent de l'hiver. Laissant son regard dériver, il contempla l'interminable rangée de maisons identiques qui se louaient pour quarante dollars par mois, et dont la valeur n'atteignait pas trois mille dollars. Ralph ne savait pas très bien ce qu'il pensait, et c'est à peine s'il s'entendit murmurer :

– J'en ai assez de ce quartier. J'en ai ma claque de traîner dans ce coin en attendant qu'il se passe quelque chose. Il faut que je me tire, c'est la seule chose à faire. Il faut que je réagisse. Que je trouve une solution. Il y a sûrement mieux ailleurs.

– Mieux que moi ?

Ralph continua de regarder au loin, les yeux fixés sur l'alignement des maisons toutes semblables qui se répétait à l'infini pour se perdre dans la nuit.

– Il y a forcément mieux que cette vie-là. Ça ne

peut pas continuer comme ça éternellement, jour après jour, la même routine minable, sans rien à faire, nulle part où aller, sinon rester planté au coin de la rue, à attendre, attendre...

– Attendre quoi ?

– Si seulement je le savais.

La blonde tira une dernière bouffée de sa cigarette, dont elle se débarrassa d'une pichenette, avant de déclarer :

– Je ne comprends rien à ce que tu racontes. Ça me passe carrément au-dessus de la tête. A mon avis, tu as dû lire trop de contes de fées, ou je ne sais trop quoi. Tu attends peut-être que la fille de tes rêves arrive dans un carrosse tiré par six chevaux blancs ; elle te fera monter près d'elle et elle t'emmènera jusqu'aux nuages, là où tout est rose, et où le printemps dure toute l'année. C'est peut-être ça que tu attends. La fille de tes rêves.

– Peut-être, murmura Ralph.

Puis il regarda la blonde, et c'est avec un sourire plein de douceur et de gentillesse qu'il lui dit :

– C'est pour ça, je pense, que je ne veux rien avoir à faire avec vous. J'attends la fille de mes rêves.

Elle ne lui rendit pas son sourire. Lentement, d'une voix calme, elle répondit :

– Tu finiras par y venir. Si ce n'est pas cette nuit, ce sera une autre nuit. Tôt ou tard, tu seras fatigué d'attendre, et alors, ce sera toi et moi.

Ralph frémit. Il ouvrit la bouche pour protester, mais aucun son n'en sortit. Et bientôt, il fut trop tard pour dire quoi que ce soit, parce qu'elle s'éloignait déjà. Il entendit cliqueter ses talons hauts sur le trottoir, mais, malgré tout, ce n'était pas le bruit d'un départ. Cela ressemblait plus à un ricanement bizarre qui déferlait sur lui de toutes parts, pour lui dire qu'il était pris au piège. Il ferma les yeux très fort, et de nouveau, dans sa tête, la blonde apparut, et elle était nue, et elle lui souriait, et elle lui faisait signe. Ralph se donna l'ordre de ne pas faire un seul pas vers elle. Sinon, ce serait la fin de tous ses rêves, la fin de tous ses espoirs d'une vie meilleure, plus propre.

Il rouvrit les yeux. Se retournant, il vit la silhouette de la grosse blonde, sanglée dans son manteau de fourrure, à mi-chemin du prochain carrefour sur le trottoir d'en face. Sa bouche se tordit en un sourire de mépris, et il marmonna :

– Cette sale garce... Si elle croit que j'ai besoin d'elle... Elle peut m'attendre longtemps !

Puis il fourra ses mains dans les poches de son manteau. Dans l'une d'elles, il trouva quelques pistaches qu'il avait obtenues au distributeur automatique, devant la confiserie Silver. Il en lança une dans sa bouche et se mit à la mâcher avec satisfaction, tout en descendant du trottoir pour rentrer chez lui.

2

Des arbres avec des oranges. Des oranges énormes. Il leva le bras pour en cueillir une. Puis, tournant la tête, il découvrit un chien, un chien aussi gros qu'une vache. C'était un colley. Il était même plus gros qu'une vache. Les chiens ne sont pas si gros que ça... Il recula, et le chien s'élança vers lui. Il se mit à courir. Le chien bondit à sa poursuite. Il comprit qu'il hurlait de terreur ; mais il ne s'entendait pas crier.

– Ralph ! Lève-toi ! Il est bientôt midi !

Tirant les couvertures par-dessus sa tête, il se retourna plusieurs fois, à la recherche de la position la plus confortable. La porte s'ouvrit au moment précis où il s'enfonçait de nouveau dans le sommeil.

– Lève-toi.

– Encore dix minutes.

– Il faut que je fasse cette pièce. Et je ne veux pas que tu traînes dans la cuisine. Ensuite, tu iras en ville pour chercher du travail.

– Ouais. Comme s'ils n'attendaient que moi.

La porte claqua. Pendant quelques secondes, Ralph garda les yeux fermés, puis il se redressa, et sortit du lit. Son regard fit le tour de la chambre. Un plafond bleu-pâle, au plâtre crevassé. Un papier peint orange foncé, au motif tellement passé qu'on n'y voyait plus que des taches floues dépourvues de sens. Une petite table. Une commode. Un petit miroir. Un tapis qui n'en pouvait plus. Une fenêtre.

S'approchant de la fenêtre, il regarda au dehors. Un hiver grisâtre se gelait sur place au fond de la ruelle. Une ruelle étroite dont le bitume se fissurait. Comme les façades absurdes des maisons en plâtre, de l'autre côté de la rue.

Ralph vint se planter devant le miroir. Et il se regarda. Dans la glace, le dévisageant à son tour d'un air un peu las et agacé, il découvrit un homme jeune, mesurant un mètre soixante-treize pour soixante-dix kilos. Cet homme avait trente ans et s'appelait Ralph Creel. Il avait des cheveux raides d'un blond terne, des yeux marron clair, un nez droit. Un jour, une fille lui avait dit en pouffant qu'il ressemblait à Douglas Fairbanks Junior, mais sans moustache. Ralph lui avait répondu qu'elle était cinglée, mais il n'avait pas oublié la comparaison.

En entrant dans la salle de bains, il se dit qu'il devrait bien, un de ces jours, prendre l'habitude de se laver avant de s'habiller. Il y avait longtemps que sa mère poussait les hauts cris à ce sujet ; presque vingt ans, en fait. Mais il fallait reconnaître que c'était plus facile de passer ses vêtements d'abord et de faire sa toilette ensuite. Avec un haussement d'épaules, Ralph ouvrit le robinet d'eau froide.

La salle de bains était trop petite. Il habitait cette maison depuis vingt-quatre ans, mais jamais il ne pourrait s'accoutumer à cette salle de bains. Elle était vraiment trop petite. Constamment, Adeline laissait traîner, aux quatre coins de la pièce, son parfum à deux sous, sa crème pour le visage et tous ses produits de beauté. Inévitablement, Ralph finissait par envoyer valser un flacon ou un pot quelconque, qui tombait avec fracas. Alors, sa mère montait et se mettait à hurler : Ralph lui répondait sur le même ton. Et, plus tard, quand sa seconde sœur, Evvie, rentrait à la maison, après une journée harassante derrière son comptoir du rayon lingerie, il y avait une nouvelle dispute sanglante. Finalement, leur père leur disait à tous de la fermer une bonne fois. Et la question était réglée jusqu'au jour où un autre flacon ou un autre pot allait s'écraser sur le carrelage de la salle de bains.

Ralph se brossa les dents avec un dentifrice au

goût sucré. Il fit circuler la mousse tout autour de sa bouche, la recracha, puis il prit de l'eau dans le creux de sa main et la but très vite. Parmi les divers rituels de l'hygiène quotidienne, c'était le seul qu'il aimait vraiment. Il était content d'avoir un goût de propre dans la bouche.

Il regarda ses mains. Elles paraissaient propres. Pas besoin de savon. Il les tendit sous le robinet d'eau froide, s'aspergea le visage, et passa ses paumes humides sur ses cheveux. Cela prit environ quatre secondes. Sans se sécher le visage ni les mains, il se peigna en un peu moins de six secondes. Puis il se tamponna le visage à l'aide d'une serviette, s'essuya les mains, et se regarda dans le miroir. Il avait besoin de se raser. S'il devait aller en ville aujourd'hui pour trouver du travail, il faudrait qu'il se rase. Mais il n'en avait aucune envie.

De plus, il n'avait pas envie d'aller en ville non plus.

Ralph entra dans la cuisine. Sa mère épluchait des pommes de terre. Il la regarda. Elle avait quarante-huit ans. Elle paraissait plus jeune. Elle travaillait énormément, et elle criait beaucoup, aussi. Petite, mince, elle était encore assez jolie. Elle avait des cheveux blonds et des yeux gris.

– M'man, où est le journal du matin ?

– Il n'est pas question que tu lises, répondit-elle sans quitter ses pommes de terre des yeux. Tu vas te dépêcher d'avaler ton petit déjeuner, et puis tu vas déguerpir de cette cuisine.

Ralph ouvrit la glacière et en sortit une orange. Il pela le fruit avec ses dents et mordit dedans. Le jus lui coula sur le menton. S'essuyant avec les doigts, il demanda :

– Où est le journal ? (S'approchant de la cuisinière, il alluma le gaz sous la cafetière.) Je veux le journal du matin. Il faut que je regarde quelque chose d'important.

– Dans la rubrique financière ?

– Ouais... Je m'inquiète pour mes actions en bourse. Où est le journal ?

– Dans le salon.

Ralph passa dans le salon, et revint quelques minutes plus tard.

– Le journal n'est pas dans le salon, annonça-t-il.

– Alors, je suppose que c'est Addie qui l'a pris.

– Ah, oui ? Elle l'a pris ? Et elle trouve sûrement ça très malin, d'emporter le journal à son travail ? Mais où est-ce qu'elle se croit, bon sang ?

– Personne ne t'oblige à dormir jusqu'à midi.

– Le problème n'est pas là.

La mère de Ralph releva la tête.

– Si, justement, le problème est là. Tu n'as aucune raison de te lever si tard. Un autre que toi serait debout à sept heures, ou même à six, et il se dépêcherait d'aller en ville, pour courir d'un endroit à un autre jusqu'à ce qu'il trouve une place. Pas comme toi, espèce de fainéant. Tu n'as pas envie de travailler. Tu ne travailleras jamais. Tu n'iras même pas en ville, aujourd'hui. Je le sais. Tu crois que je ne m'en doute pas. Tu n'iras pas en ville aujourd'hui, et tu n'iras pas demain, ni le jour d'après. Jamais tu ne trouveras un emploi. Tu n'arriveras jamais à rien. Tu seras toujours un fainéant, un bon à rien. Toi et tous ces minables avec qui tu traînes sans arrêt.

Ralph ne prêtait aucune attention à ce que sa mère disait. Il buvait à petite gorgées un café noir sans sucre. Sur la table, étalée devant lui, il y avait la page des sports du *Record*. Il lisait un article sur un nouveau poids léger de Southwark, un jeune Italien qui était censé avoir une bonne droite, et...

– Ça me serait égal que tu creuses des fossés le long des routes, ça me serait égal que tu vides les poubelles. Au moins, tu ferais quelque chose. Il faut qu'un homme travaille. Et tu es un homme... enfin, peut-être. En tout cas, tu as trente ans, et dans cinq ans, tu en auras trente-cinq, et alors, qu'est-ce que tu feras ?

Ralph était plongé jusqu'au cou dans les problèmes qui guettaient ce petit Italien de Southwark. Il y avait une foule de nouveaux poids légers sur les rings, aujourd'hui, et, de l'avis du journaliste, le petite Italien allait avoir du pain sur la planche. Le journaliste conseillait au manager de ne pas pousser son poulain trop vite, et...

– Mais regarde-toi. Tu es sorti du lycée il y a douze ans. Et depuis, qu'est-ce que tu as fait ? Réponds-moi, qu'est-ce que tu as fait ? Absolument rien. Une fois de temps en temps, les magasins Blayner t'engagent au service des expéditions. Tu y gagnes douze dollars cinquante par semaine, et dès que les affaires vont moins bien, ils te mettent à la porte. Et pourquoi est-ce que ça tombe toujours sur toi, et pas sur quelqu'un d'autre ? Je vais te le dire. Ne t'inquiète pas, je vais te le dire. Parce qu'ils ont très bien compris à qui ils avaient affaire, mon petit monsieur, exactement comme moi. Ils savent que tu es paresseux. Ils savent que tu n'es qu'un tire-au-flanc. Ils savent que tu n'es bon à rien, que tu n'as jamais été bon à quoi que ce soit, et que tu ne le seras jamais.

Cet Italien – Nucio, il s'appelait, de Southwark – avait mis Caesar Thimmons K.O. à la quatrième reprise, à l'Olympia. Thimmons était un boxeur noir, très rapide, qui avait battu aux points Johnny Silvo, Jack Haggerty et Mike Phillips. Il avait dominé largement l'Italien jusqu'au moment où...

– Alors, qu'est-ce que tu fais toute la journée ? Je te le demande ; qu'est-ce que tu fais ? Eh bien moi, je vais te le dire. Tu restes planté au coin de la rue. Tu restes là avec cette bande de bons à rien. Tous ensemble, vous restez là, au coin de la rue, tout simplement, à ne rien faire. Bon sang, comment est-ce que vous pouvez rester comme ça, toute la journée, sans rien faire ? Moi, ça me rendrait folle, tu peux me croire.

A la quatrième reprise, Thimmons baladait Nucio tout autour du ring. Son gauche opérait à merveille. Puis il avait coincé l'Italien dans les cordes, il l'avait travaillé du gauche et il s'était approché tout en souplesse, pour lui expédier une série au corps des deux poings. C'est à ce moment là que le match avait basculé. Nucio avait esquivé un direct, et il s'était redressé en expédiant sa droite, et...

– Il y a tellement de choses qu'un homme de ton âge peut faire. Si j'étais à ta place, je sais bien que je trouverais du travail. Je ferais du porte-à-porte pour vendre des magazines, des torchons, des aspirateurs ou n'importe quoi. Toi, tu manges, tu dors, tu restes planté au coin de la rue, et c'est tout. C'est tout ce que tu fais. Toi et les autres minables. Un de ces jours, ton père va en avoir vraiment assez de cette situation, et il va te dire de te remuer un peu pour trouver du boulot et rapporter un peu d'argent à la maison, ou sinon... Et tu sais très bien ce que je veux dire...

Au même moment, Ralph termina son café et l'article sur le boxeur Italien. Ecartant le journal et sa tasse vide, il demanda :

– De quoi tu parles ?

Sa mère planta rageusement son couteau dans une pomme de terre.

– Tu sais très bien de quoi je parle, répondit-elle. N'essaie pas de me faire croire que tu ne m'as pas entendue. C'est le coup préféré de ton père, ça. Il fait semblant de ne pas entendre. Mais il ne perd pas un seul mot de ce que je dis. Il n'y a pas de danger que je le lâche d'un pouce. Et je t'ai à l'œil, toi aussi.

– Tu sais, M'man, tu es jolie. C'est à peine si tu parais trente-cinq ans.

– Mais tais-toi donc !

– Est-ce que je peux avoir seize cents ?

– Seize cents ?

– Je m'étais dit que tu pourrais peut-être me passer seize cents pour que j'achète un paquet de cigarettes.

– Ah, vraiment ? C'est pas beau, ça ? Voilà que Monsieur veut seize cents pour un paquet de cigarettes. Est-ce que ce n'est pas touchant, de sa part ? Elle inspira profondément. Tu devrais avoir honte de toi, à rester là en me demandant seize cents pour un paquet de cigarettes. Tu as tout d'un mendiant, planté devant moi, en attendant tes seize cents. Tu n'as pas honte de toi ?

– Très bien, garde-les, si c'est comme ça.

Ralph fit mine de quitter la cuisine, en prenant tout son temps.

Sa mère reprit :

– Pour le trajet en métro jusqu'au centre ville, je te donnerais l'argent bien volontiers. Au moins, tu serais en ville à chercher du travail. Mais il n'est pas question que je te donne seize cents pour des cigarettes !

En disant cela, elle prit un petit porte-monnaie sur le dessus du réfrigérateur, et en sortit seize cents.

Ralph tendit la main pour avoir l'argent. Avec un regard furieux, sa mère le garda dans la sienne.

– Allez, M'man...

– Je sais que je ne devrais pas te le donner. Je le sais très bien.

Elle déposa les pièces dans la main de Ralph.

– Merci, M'man, dit-il avec un sourire.

Elle vit de la gratitude dans son regard. Son petit avait besoin d'un paquet de cigarettes. Et elle lui avait donné les seize cents. Maintenant, il était reconnaissant, et il y avait comme un sourire dans ses yeux. La même lueur avait éclairé son regard bien des années plus tôt, à l'époque où elle le tenait dans ses bras, quand le lait dégoulinait sur son menton, et que, depuis l'oreiller moelleux de son sein, Ralph levait les yeux vers elle, son sourire repu et satisfait disant clairement : « Merci, M'man ».

3

Ils étaient postés au coin de la rue ; tous les trois, appuyés contre le mur de briques pourpre de la confiserie. Les cols de leurs manteaux étaient relevés, et ils battaient la semelle en soufflant sur leurs doigts.

– Ce n'est pas pour moi, fit Ken. Ce n'est vraiment pas pour moi.

Grand et maigre, avec une mine de crève-la-faim, Ken avait trente-quatre ans. Son mince pardessus était déchiré ; le cuir de ses chaussures aussi.

– Qu'est-ce qui n'est pas pour toi ? demanda Dingo.

Dingo avait trente-trois ans. Deux ou trois jours par semaine, il aidait un plombier à installer des chaudières à mazout, ce qui lui rapportait quelques dollars. Il était petit et mince ; il roulait lui-même ses cigarettes, et plaquait ses cheveux sur son crâne à l'aide d'une épaisse couche de cosmétique. Il était rare que Dingo prenne un bain.

– Il veut dire que le froid n'est pas pour lui, expliqua George.

George, quant à lui, avait trente-et-un ans. A chaque élection, il surveillait le dépouillement du scrutin, et il se faisait cinq dollars. Parfois, il était républicain, et parfois démocrate. Un certain jour d'élection, George avait oublié à quel parti il s'était rallié, et il s'était retrouvé à l'hôpital avec une légère commotion cérébrale, le visage couvert de bleus et de coupures. Ses cheveux étaient d'un blond pâle, presque blanc ; il avait des yeux d'un bleu délavé, et la peau très blanche. Il était de taille moyenne, et de poids moyen, également ; il avait des poignets très robustes. A un certain moment, il avait songé à devenir joueur de base-ball professionnel. Mais il n'y était jamais vraiment parvenu. Il avait tenu la troisième base dans quelques clubs minables, aux quatre coins de la ville, et s'était fait éjecter de toutes les équipes. Une fois, il était descendu jusqu'à Richmond, pour jouer en division D. Il avait tenu une semaine. George répétait souvent que la subtilité de son jeu ne pouvait convenir qu'à une grande équipe de division A. Par la suite, il finit par décréter que le base-ball professionnel le dégoûtait, et qu'il avait fait une croix dessus, une bonne fois pour toutes. Il ne portait jamais de chapeau.

– Un de ces jours, annonça Ken, je vais prendre mes cliques et mes claques, je vais partir tout droit vers le sud.

– C'est ce que tu disais l'année dernière, fit George en claquant des dents, les lèvres bleuies par le froid.

– Un de ces jours, répéta Ken, je vais prendre le métro jusqu'à la sortie de la ville, et en route ! J'irai tout droit en Floride en auto-stop, jusqu'à Miami. Je me trouverai un bon boulot dans un hôtel de luxe. Je suis sûr qu'un groom peut se faire jusqu'à quarante dollars par semaine, là-bas, pendant la saison. Je serai heureux comme un roi.

– En Floride ? demanda Dingo.

– Bien sûr. Tu peux chercher dans le monde entier, y a pas mieux que la Floride. Regarde comment ça se passe ici. On se croirait dans une saleté de glacière. Le vent te pince jusqu'au sang, et il fait tellement mauvais qu'on en devient mauvais nous-mêmes. Vous n'avez jamais remarqué ? A quel point les gens peuvent être carnes pendant l'hiver ? C'est le froid qui fait ça. Mais en Floride, tout le monde est heureux ; ça n'a rien d'étonnant, non ? Il fait bon, il fait chaud. Il y a la plage. Il y a tout.

– En Floride ? répéta Dingo.

– Evidemment. J'ai bien envie de faire mon baluchon et d'y descendre tout droit cette semaine. Pourquoi pas demain ? Qu'est-ce qui m'empêche de partir demain ?

– Je viens avec toi, fit Dingo.

– Pourquoi pas ? dit Ken. Je parie qu'on peut y arriver en quatre ou cinq jours. C'est le meilleur moment pour partir. On se fera embaucher comme grooms dans un hôtel, et à nous la belle vie.

– Alors, c'est d'accord, conclut Dingo. On part demain.

– Et comment ! On est déjà en route, pratiquement, dit Ken.

George les dévisagea l'un et l'autre. Lentement, il secoua la tête, puis il regarda le trottoir en soupirant.

– C'est quelque chose que j'ai envie de faire depuis longtemps, reprit Ken : foutre le camp de cette saleté de ville. Pourtant, je lui ai donné sa chance, j'étais tout prêt à me laisser séduire. Oui, je lui ai donné sa chance. Mais maintenant, c'est fini. Je ne veux plus en entendre parler, vous comprenez ? C'est terminé.

– Tu ne vas pas faire ça, dit George. Sans toi, la ville va tomber en ruines.

– Je ne plaisante pas, affirma Ken. J'en ai assez. Ça va comme ça. Point final. Demain, Dingo et moi, on met le cap vers le sud.

– Tout droit jusqu'en Floride, ajouta Dingo.

– C'est ça, fit Ken.

Il mit la main gauche dans la poche de son pantalon. Brandissant l'index droit en direction de George, il poursuivit :

– Je ne suis pas si idiot que ça, tu sais. J'ai bien compris la leçon, depuis six ans que je me cogne la tête contre les murs, à essayer de faire publier mes chansons. Pourtant, dans le lot, il y en a qui sont vraiment valables, tu le sais. Tu l'as dit toi-même. Beaucoup de gens trouvent que j'écris de très jolies choses. Et qu'est-ce que je peux faire ? Dans cette ville, il n'y a pas un seul éditeur sérieux. Et je ne peux pas les envoyer à New York, parce que je ne connais personne là-bas, qui pourrait leur faire un peu de publicité à ma place. Je n'ai pas de contacts, tu comprends. Je connais assez ce milieu pour savoir qu'on a besoin de quelqu'un pour arrondir les angles, si on veut pouvoir s'y introduire plus facilement. Crois-moi, j'ai bien compris comment ça se passe.

– Et alors ? fit George. Quel rapport avec la Floride ?

– Justement, j'y arrive, répondit Ken. Maintenant, il avait les deux mains dans les poches de son pantalon, et son manteau, déboutonné, était rejeté en arrière. Voilà ce qu'il faut faire. Tu descends en Floride, et tu te trouves un boulot dans un hôtel de luxe...

– En Floride, fit Dingo.

– Ouais, en Floride. Ferme-la un peu. Donc, tu te dégottes un boulot dans ce genre-là, tu vois ? Bon, ça, c'est la première étape. Ensuite, tu te fais oublier. Tu prends ton temps, tu te contentes de faire ton travail, et tu es simplement un groom comme les autres, tu comprends ? Mais c'est là que ça devient vraiment intéressant. Parce que, depuis le début, tu gardes l'œil bien ouvert, et tu sais exactement ce qui se passe. Alors, tu prends bien ton temps. Tu ne fais rien d'autre que d'attendre...

Dingo se mit à rire. Ken perdit son calme.

– Qu'est-ce qui te fait rire, espèce d'abruti ? Sans attendre les explications de Dingo, Ken se tourna vers George et poursuivit : Alors, voilà comment ça se passe. Tu attends tranquillement, sans te faire de bile. Et depuis le début, tu réfléchis à la meilleure façon de passer à l'action. Tu vois ce que je veux dire ?

– Non, je ne vois pas ce que tu veux dire, répondit George.

– Peuh ! A quoi ça sert de t'expliquer quelque chose ? geignit Ken d'un air dégoûté. T'es complètement borné.

– Elle est bonne, celle-là ! fit George. C'est *toi* qui me traites de borné ?

– Dis donc, Dingo, demanda Ken, tu vas encore passer des coups de téléphone, ce soir ?

– Bien sûr, répondit Dingo.

– Et pour samedi ? dit Ken. Tout est arrangé pour samedi ?

– Sûr, fit Dingo. Y aura de quoi bouffer, et tout.

– Un de ces jours, déclara George, tu vas t'attirer des ennuis avec ces histoires d'invitations par téléphone. On débarquera chez toi, et il y aura tout un paquet de flics pour nous recevoir et on se retrouvera au poste.

– Tu as raison, fit Ken.

– Qu'est-ce que ça veut dire ? demanda Dingo.

George et Ken s'esclaffèrent. Dingo garda son sérieux. Il ne riait jamais en disant cela. Pour lui, c'était une sorte de question mystique, qui provenait du plus profond de lui. Quand il murmurait : « Qu'est-ce que ça veut dire ? », il semblait exprimer la somme de ce qu'il avait appris pendant toute son existence. A chaque fois qu'il prononçait cette phrase, ses copains éclataient de rire. Dingo ne riait pas. Il ne disait jamais cela pour les amuser. Il n'expliquait jamais, non plus, pourquoi il posait une telle question, ni ce qu'elle signifiait pour lui. Il prononçait cette phrase, tout simplement, et les autres riaient, et ils n'avaient jamais compris que Dingo ne s'adressait pas à eux quand il s'interrogeait ainsi à haute voix.

– Parle-nous de cette soirée de samedi, demanda George.

– Hier soir, commença Dingo, vers onze heures, je rentre du cinéma. C'est mon frère Clarence qui m'a emmené au cinéma. On a vu...

– Laisse tomber le titre du film. Comment tu t'es débrouillé, pour arranger cette soirée de samedi ?

– Il est onze heures, expliqua Dingo. Mon frère Clarence, sa femme et ma mère montent se coucher.

– Tous les trois ensemble ? demanda Ken.

– Ah, la ferme, geignit George. Continue, Dingo.

– Je reste tout seul en bas, fit Dingo. Je mets la main sur un annuaire téléphonique et je commence à le feuilleter. Je passe en revue tout un tas de noms, et tout à coup, je repère quelque chose qui m'a l'air joli.

– Comment ça ? Un nom qui t'a l'air joli ? demanda Ken.

– Tu ne peux pas comprendre, dit Dingo. T'es complètement borné. Il s'esclaffa. Il me suffit de regarder ce nom pour me rendre compte qu'il est joli.

– C'est un magicien, dit George.

Dingo poursuivit ;

– Le nom, c'est Donahue ; Agnes Donahue. Je lui téléphone. Elle décroche. Elle me demande qui je suis. Je lui réponds que je m'appelle Philip Wilkin. Elle me dit qu'elle n'a jamais entendu parler de qui que ce soit portant un nom pareil. Je lui rétorque qu'elle doit sûrement plaisanter. Je suis un vieil ami à elle. J'ai longtemps vécu tout à côté de chez elle. Elle me demande où. Je regarde dans l'annuaire, encore une fois, et je vois qu'elle habite vers le numéro 300 de Lenner Street. Alors, j'invente un adresse tout près de chez elle. Et à partir de là, ça n'a pas été difficile.

– Qu'est-ce qui s'est passé ? demanda Ken.

– Je lui raconte qu'en feuilletant mon journal intime, ce soir, je suis tombé sur quelque chose dans ce genre-là : « Aujourd'hui, j'ai rencontré une merveilleuse jeune fille. Elle est ravissante. Elle est charmante. Il faudra que je la revoie un jour. » Puis, je lui explique que mon journal est déchiré, et que la date a disparu, en haut de la page. Mais ce n'est pas le calendrier qui est important. C'est l'idée que je dois revoir Agnes Donahue. Ça lui a bien plu. Elle a commencé à me poser un tas de questions sur moi. Je lui ai dit que j'étais très séduisant.

George éclata de rire.

– Qu'est-ce que ça veut dire ? demanda Dingo.

– Et ensuite ? fit Ken.

– Ensuite ? On a pris rendez-vous pour samedi, répondit Dingo. Il y aura de quoi bouffer, et tout. Et quatre filles, pour nous trois et pour Ralph.

– Je ne pense pas que Ralph voudra venir, fit Ken. Il m'a dit que, après ce qui s'était passé la semaine dernière, il n'avait pas envie de se retrouver mêlé à une autre soirée organisée par téléphone.

– Ne t'inquiète pas, dit George. Ralph viendra. Quand samedi soir arrivera, il ne saura pas quoi faire. Il viendra.

– Cette Agnes est vraiment très jolie, annonça Dingo.

– Comment tu le sais ? demanda George.

– Elle me l'a dit.

– Oh, elle lui a dit ! fit George. Je vois ça d'ici. On ne sera pas déçus. La dernière fille qui lui a dit ça, finalement, elle ressemblait à une couverture de magazine de science-fiction.

Ralph rejoignit le groupe. S'approchant du distributeur de pistaches, il y glissa une pièce. Ken tendit la main, et Ralph fit fonctionner l'appareil une seconde fois. Puis il entra dans la boutique. Il en ressortit, en ouvrant un paquet de cigarettes. Il en donna une à Dingo et à George, et en offrit une à Ken.

– Merci, fit Ken. J'ai les miennes.

Ils allumèrent tous les quatre leur cigarette.

– Ce matin, dit Ralph, j'ai lu un article sur ce nouveau poids léger de Southwark, ce type qui s'appelle Nucio. Il paraît qu'il est bon.

– Ouais, fit George. Hier soir, à la salle de billard, Allie Ferocco m'a parlé de lui. Allie dit qu'il a une bonne droite.

– Je suppose que ça lui rendra service, dit Ken. Parce qu'il va se retrouver en face d'un type qui non seulement a une bonne droite, mais aussi une bonne gauche. Il va se faire démolir le portrait, et il va rentrer à Southwark au volant d'un camion de livraison.

– J'en suis pas si sûr, intervint Ralph. Après tout, il a battu Thimmons, le Noir, par K.O.

– Moi, fit Dingo, je pourrais prendre n'importe lequel d'entre eux.

– Toi ? dit George.

Ils se mirent tous à rire. Dingo leva les poings et commença à danser autour de George, qui se tenait les côtes, hilare. Soudain, George passa à l'attaque, Dingo battit en retraite et heurta trois bacs – vides – de crème glacée et quatre bouteilles de lait qui étaient alignées sur le rebord du trottoir. Dans un grand fracas, Dingo s'étala sur la chaussée au milieu des bouteilles et des bacs à glace renversés.

Le vieux Silver surgit de sa boutique, en hurlant :

– Qu'est-ce qui s'passe ? Qu'est-ce qui s'passe, qu'est-ce qui s'passe ?

Personne ne put lui répondre. Ils s'étranglaient tous de rire. Se relevant lentement, Dingo enleva d'un revers de la main la crème glacée fondue qui tachait son pantalon. Puis, jetant à Silver un regard furieux, il lui demanda :

– Est-ce que c'est un endroit pour ranger des bacs et des bouteilles ?

– Et qui vous a demandé de les renverser ? dit Silver. Qui vous a demandé de faire tout ce raffut ?

– Regardez mon pantalon, fit Dingo. Regardez-moi ça. Couvert de glace à la vanille. Il est foutu. Et mon dos... Je crois bien que je me suis brisé la colonne vertébrale.

Passant la main derrière lui, Dingo se tâta l'échine et hocha énergiquement la tête.

– Gardez vos plaisanteries pour vous, dit Silver.

– J'ai une fracture de la colonne vertébrale, protesta Dingo. Vous parlez d'une plaisanterie !

– Je ne vois rien qui ressemble à une fracture de quoi que ce soit, dit Silver. Mais ce que je sais, c'est que vous m'avez bousillé trois bouteilles de lait. Vous me devez quinze cents.

– Envoyez-moi votre note, fit Dingo.

Silver haussa les épaules avant d'ajouter :

– Le moins que vous puissiez faire, c'est de ramasser les morceaux de verre qui traînent dans la rue, et les mettre sur le trottoir. Il ne manquerait plus, maintenant, que le livreur de journaux arrive et qu'il crève un pneu.

Silver rentra dans sa boutique.

Un par un, Dingo ramassa les tessons de bouteilles, et les déposa sur le trottoir. Il contempla les débris de verre, puis s'appuyant contre le mur de briques, il regarda ses trois amis. Il examina le ciel gris et froid, les murs gris et froids des maisons toutes semblables, les rues étroites et les branches grêles des arbres qui se balançaient selon un rythme languissant.

Et Dingo bâilla.

4

Le père de Ralph travaillait dans une usine frigorifique. Il avait cinquante ans. Toute sa vie, il avait travaillé de ses mains. Maintenant, il était fatigué.

Il avait des cheveux bruns et clairsemés, teintés de gris, rejetés en arrière. Ses yeux plissés de rides étaient marron clair. Sur le côté gauche de son visage courait une cicatrice longue de dix centimètres, à l'endroit où un pain de glace de quinze kilos, glissant d'une étagère de l'usine, lui était tombé dessus. Au travail, il portait toujours une chemise bleu foncé, et il emportait toujours son déjeuner dans un sac en papier. Il gagnait soixante dollars par semaine. Il fumait des cigarettes à dix cents le paquet, et il emmenait sa femme au cinéma au moins deux fois par mois. Ils allaient toujours dans une salle qui présentait des doubles programmes, et qui offrait en prime des plats ou des couverts en argent, ou autres babioles de ce genre. Norman Creel aimait les westerns, et les films dont les vedettes étaient des enfants. Il adorait les enfants.

Il remontait la rue étroite qui séparait deux rangées de maisons semblables. Il était six heures du soir. La rue ne possédait qu'un seul réverbère. Sa lumière, trouant la nuit précoce de l'hiver, se répandait en flaque sur le trottoir étroit.

En approchant du réverbère, Creel sourit. Il souriait toujours à cette clarté retrouvée, lorsqu'il remontait sa rue après une journée de travail. La lumière du réverbère lui montrait le chemin du retour. Elle étalait un tapis d'argent étincelant sur le ciment froid, menant jusqu'à la neuvième maison après le carrefour.

Traversant le tapis d'argent, Creel gravit les cinq marches, glissa sa clé dans la serrure, et poussa la porte d'entrée. Il était chez lui. Il était fatigué, il avait faim, il était heureux d'être rentré, et...

– Mais pour qui tu te prends, d'abord ?

C'était la voix d'Evvie, provenant de la cuisine.

– Boucle-la, tu veux ? Je ne vois pas pourquoi je

supporterais que tu me parles sur ce ton.

C'était Adeline, la cadette. Evvie avait vingt-trois ans, et Adeline seize.

– M'man, disait Evelyn. Tu sais ce qu'elle a fait ?

– Ne l'écoute pas, M'man, cria Adeline. C'est une menteuse ! Quoi qu'elle dise, c'est une menteuse.

Mrs Creel hurla à son tour :

– Bouclez-la, toutes les deux ! Et sortez de cette cuisine ! Non... attendez... Adeline, je veux que tu fasses un saut jusqu'à l'épicerie d'en face, et que tu achètes une demi-livre de ces petits gâteaux à la guimauve enrobés de chocolat.

– M'man, je ne les aime pas, ces gâteaux. Ils ont un goût de colle mélangée à du sucre...

– Tais-toi. Ils sont très bons. Ton père les aime beaucoup.

– Moi, j'aime la pâtisserie danoise, déclara Evvie.

– Elle aime la pâtisserie danoise, répéta Adeline d'un ton méprisant. Mademoiselle se croit dans les quartiers chics.

– Mêle-toi de ce qui te regarde, espèce de grande gueule, dit Evelyn.

– Bon sang, mais vous allez vous taire, toutes les deux ? explosa Mrs Creel.

– Une demi-livre, M'man ? lança Adeline depuis les marches de l'escalier de derrière.

– Oui, mon chou, une demi-livre. Et dépêche-toi.

– M'man, je te jure, je crève de faim, annonça Evelyn. J'ai tellement travaillé, aujourd'hui, que j'ai bien cru y laisser ma peau. Et cette espèce de saligaud de Mayhew... il a fallu qu'il me tombe dessus et qu'il me passe un savon devant tout un tas de clients...

– Ma pauvre petite, fit sa mère. J'aimerais bien lui dire deux mots, moi, à ce Mayhew.

– Franchement, M'man, il est abject. Le genre sournois, tu vois ? Et il ne se prend pas pour n'importe qui. Il se pavane comme s'il était général, toujours à chercher quelque chose à critiquer. Aujourd'hui, par exemple, il n'a pas aimé la façon dont j'avais arrangé les combinaisons et les culottes. Alors, il est venu vers moi, et il a commencé à me parler, avec son ton sarcastique. Sans crier vraiment, tu vois, mais en me lançant des piques, encore et encore, de sa voix mielleuse, répugnante. Et tous les clients, ces espèces de salauds, ils restaient plantés là sans en perdre une miette. Le Mayhew, bien sûr, il était aux anges ; il avait un public, tu comprends ? Et tu sais ce qu'il a fini par me sortir ? Il m'a dit : « A l'avenir, Miss Creel, vous voudrez bien faire un peu plus attention à la façon dont vous arrangez vos culottes. » Et là-dessus, il a fait demi-tour. Alors, il y a un des clients qui a commencé à rire. Et puis un autre. Et puis c'est toute la clique qui s'y est mise aussi, toute cette bande de porcs vulgaires et dégoûtants. Ils étaient tous écroulés de rire. Et ne crois pas que je n'avais pas compris ce qui les faisait ricaner. Pas la peine de me faire un dessin. Je ne suis pas aussi idiote qu'ils l'imaginent, ces abrutis. Et je savais très bien que Mayhew l'avait fait exprès. Il ne peut pas s'empêcher de faire le malin. Mais un de ces jours, il va se payer ma tête, et je te jure, M'man, je te jure que je me pencherai par-dessus mon comptoir et qu'il recevra ma main dans la figure, ce mufle. Et après ça, s'ils me flanquent à la porte, je leur dirai ma façon de penser. Oh, ce Mayhew, quel sale type ! Franchement, M'man, il y a des jours où il me met tellement à cran que j'en pleurerais presque.

Norman Creel était dans la salle de séjour, au pied de l'escalier, et il n'avait toujours pas ôté son manteau. Il était plongé dans la lecture de la une du *Bulletin,* qui racontait un pugilat dans l'enceinte du Congrès. Parvenu à la dernière ligne, qui annonçait « suite page 4 », il se dit qu'il devrait s'en souvenir, et lire la page 4 tout de suite après le dîner. Lançant son manteau et son chapeau sur une chaise, il entra dans la cuisine avec un « Bonjour, les filles ! »

Sa femme lui sourit, l'entoura de ses bras, lui donna un baiser. Elle était toute chaude d'avoir fait la cuisine, et il la serra très fort, pour presser sa chaleur contre lui.

– Dis-donc, P'pa ! Espèce de vieux satyre ! dit Evvie.

Mrs Creel s'esclaffa et s'écarta d'un pas pour qu'Evvie puisse embrasser son père.

– Mes deux beautés... fit Creel.

– Et Addie, alors ? dit sa femme.

– C'est vrai... mes trois beautés.

La porte d'entrée s'ouvrit et se referma violemment. Un instant plus tard, on entendit quelqu'un frapper. Puis la porte s'ouvrit de nouveau et claqua une seconde fois. Addie traversa la maison au pas de charge, suivie de son frère.

– Tu étais vraiment obligée, demanda Ralph, de me claquer la porte au nez ? Tu m'as pourtant vu monter les marches.

– Tu n'es pas infirme. Tu peux ouvrir la porte tout seul.

– La question n'est pas là. Il s'agit seulement de montrer un peu d'égards pour les autres, c'est tout.

– Oh, zut !

Arrivant dans la cuisine, Addie posa le sac de petits gâteaux sur la table.

Ralph entra à son tour.

– Bonsoir, P'pa, fit-il.

– Bonsoir, fils.

Ils étaient tous les cinq dans la minuscule cuisine. Mrs Creel se retourna pour jeter un coup d'œil à la soupe. Son coude heurta une pile d'assiettes, et elle fit un plongeon désespéré pour les rattraper au vol.

– Bon sang ! hurla-t-elle. Posant les mains sur ses hanches, elle regarda les quatre autres et dit : Mais qu'est-ce que c'est que ça ? Une conférence ? Un congrès ? Allez, ouste ! Sortez tous de ma cuisine – sauf toi, Evvie. Je veux te parler de ces chapeaux à un dollar quatre-vingt dix-huit que vous avez au magasin.

Creel, son fils et la plus jeune de ses filles traversèrent en file indienne la minuscule salle à manger pour passer dans la modeste salle de séjour. La pièce contenait un canapé, deux chaises, une petite table près du canapé, et un poste de radio, qu'Addie alluma. On entendit les dernières mesures d'une chanson de Guy Lombardo, et le présentateur annonça des soldes exceptionnels dans un magasin quelconque. Puis il enchaîna :

– Pour Mary Constantino, pour Lucile Demaree, Bobby, Sid, Joe et toute la bande, pour Harold, Sissie, Jane, Dolly, et notre vieille amie Josephine Cass... Cassbo... Cassbolicci... ouf ! Ha, ha, ha !... Ne t'inquiète pas, Josephine, un de ces jours, j'apprendrai bien à prononcer ton nom... ha, ha, ha !... et pour Fred, Mike, et les gars d'Olneu, voici le disque de Tommy Dorsey, *When you awake*.

Une musique douce flotta bientôt dans la pièce, dérivant lentement d'un mur à l'autre.

Poussant un petit gémissement de plaisir, Addie murmura :

– Oh, c'est... c'est tellement joli, Ralph. Tu ne trouves pas que c'est une jolie chanson ? Donne-moi un morceau du journal.

– Je suis en train de le lire.

– Et alors ? Tu n'es pas obligé de garder tout.

Ralph sépara les pages sportives du reste. Addie se jeta dessus en disant :

– Non, c'est cette partie-là que je veux.

– Laquelle ?

– Celle-là. Tu ne vas pas tout prendre, quand même ?

– Bon sang, tu ne peux pas me laisser tranquille ? Je suis assis là, bien tranquillement, à lire le journal...

– En tout cas, hurla Addie, c'est cette partie-là que je veux !

– Ça va, ça va, prends la.

Ralph dut lui céder la fin de la section sportive, qui était attachée à une page de rubriques diverses, dont l'une, intitulée « problèmes moraux », comportait quatre colonnes d'une demi-page.

C'était une rubrique qu'Addie lisait tous les soirs. Elle n'en manquait pas une seule ligne, et parfois elle en découpait un passage qu'elle désirait conserver. Les « problèmes moraux » consistaient en des lettres envoyées au journal par de jeunes lecteurs. La plupart de ces lettres, rédigées par des lycéennes, concernaient les problèmes de cœur, et se terminaient par des questions du genre : « Les lecteurs pensent-ils que je devrais continuer à voir ce garçon ? » (Signé : *Cœur effarouché.)*

Adeline plissait le front pendant sa lecture. Ses yeux scrutaient sans ciller les « problèmes moraux ». Tout cela était extrêmement sérieux et devait être étudié avec soin, si l'on voulait faire preuve de bon sens et en tirer les conclusions qui s'imposaient.

Monsieur,

Nous sommes deux jeunes filles qui habitons dans le même quartier. Récemment, un nouveau garçon a emménagé près de chez nous. Il nous plaît beaucoup. Mais il ne nous regarde jamais. Nous sommes très jolies toutes les deux, et nous ne comprenons pas pourquoi il nous ignore. Que devrions-nous faire ? (Signé : Cœurs perplexes.)

Monsieur,

Nous sommes deux champions de patin à roulettes, et nous ne craignons aucun des soi-disant « caïds » de Richmond. Nous sommes très beaux. Quand nous arrivons à la patinoire, les filles se pressent autour de nous et se battent pour nous approcher. C'est extrêmement gênant. Pourquoi ne nous laissent-elles pas tranquilles ? Ces filles nous empêchent de patiner librement. Si elles ne savent pas se tenir, on devrait leur demander de vider les lieux. (Signé : Deux séducteurs.)

Frappant le journal de la main, Adeline s'exclama :

– Non, mais vraiment ! J'aimerais bien dire deux mots à ces espèces de bêcheurs. Je vais monter tout de suite pour écrire une lettre au *Bulletin.* Pour qui se prennent-ils, ces deux-là ?

C'est au pas de course qu'Adeline gravit l'escalier, le souffle court, et s'élança dans le couloir du premier, jusqu'à la chambre qu'elle partageait avec sa sœur. Ouvrant le dernier tiroir de la commode, elle se mit à fourrager parmi les bas, les mouchoirs et les chemisiers pour trouver enfin une boîte de papier à lettre et d'enveloppes vert pâle. Les premières feuilles de papier étaient froissées et couvertes de taches. L'indignation d'Adeline s'accrut et elle marmonna quelque chose au sujet du rayon papeterie de ce magasin de Broad Street.

Elle commença à écrire avec rage :

Monsieur,

Pour qui ces Deux séducteurs *se prennent-ils, au juste ? Je vais souvent à la patinoire avec mes amies, et nous ne regardons jamais les garçons, bien qu'ils essaient toujours d'attirer notre attention en faisant les malins. Nous savons patiner aussi bien que les garçons, et même mieux. Et de plus, j'aimerais bien jeter un coup d'œil à ces* Deux séducteurs *pour voir s'ils sont aussi beaux qu'ils le prétendent. (Signé :* Adéline.)

Relisant sa lettre, elle hocha la tête énergiquement. « Je crois que ça va leur clouer le bec », murmura-t-elle. Puis elle libella l'enveloppe. Avant d'inscrire son nom et son adresse au dos, elle hésita. Ce n'était peut-être pas une bonne idée de leur dévoiler son nom et son adresse. Mais, d'autre part...

Mrs Creel lança :

– A table !

Dans la minuscule salle à manger, ils s'installèrent autour de la petite table et se jetèrent sur leurs assiettes. Ils avaient tous faim. Sans dire un mot, ils enfournaient la nourriture avec le plus grand sérieux. Chacun d'entre eux était à peine conscient de la présence des autres, ou du vacarme de la radio qui diffusait de la musique à plein volume dans le salon.

Tous les autres mangeaient vite, mais Mr. Creel prenait son temps. Son travail à l'usine frigorifique exigeait bien assez de célérité à lui tout seul. Cela ralentissait toutes ses autres activités, le faisant manger moins vite, parler moins vite, marcher et penser moins vite.

– Norman, reprends-en, lui dit sa femme.

– J'en ai assez dans mon assiette, je n'ai pas encore fini ça.

– Allez, prends-en un peu plus, Norman. Tiens...

Mrs Creel resservit son mari.

– P'pa, donne-moi de l'eau, demanda Evvie.

Creel tendit le bras pour lui passer le pichet.

– M'man, j'ai eu un 8 à l'interrogation d'histoire, aujourd'hui, annonça Adeline.

– C'est très bien, ça, fit sa mère.

Puis ils se turent de nouveau, pour manger voracement.

Mrs Creel se leva et commença à débarrasser la table. Adeline fit de même. Elles revinrent de la cuisine en portant des assiettes de crème à la vanille. Dans la famille, tout le monde aimait la crème à la vanille. Trois fois par semaine, ils en prenaient pour le dessert.

Se penchant tous sur leur assiette, ils engloutirent leur crème. Seul, Mr. Creel prit son temps. Puis il burent un verre d'eau avant de quitter la table. Les filles restèrent avec leur mère pour l'aider à faire la vaisselle.

Ralph et son père passèrent dans la salle de séjour. Ralph alluma une cigarette. Il proposa :

– Tu veux en fumer une, P'pa ?

– Non merci, fils, j'ai un cigare.

– Un cigare ? Qu'est-ce que tu fêtes ?

– L'un de nos gars, à l'usine, a eu un sacré coup de veine. Son oncle vient de mourir, en lui laissant une petite fortune. Il a décidé de quitter son boulot. Aujourd'hui, il nous a tous offert un cigare. Mr. Creel alluma le sien et en tira avec délice une longue bouffée. Puis, exhalant la fumée bleue qu'il regarda s'élever, il murmura : Il y avait longtemps que je n'avais pas fumé quelque chose d'aussi bon.

– Ecoute, P'pa, fit Ralph. Si ce type s'en va, tu pourrais peut-être me faire embaucher à sa place ?

Son père secoua la tête.

– Ça ne serait pas possible, dit-il. Ce gars-là est un ouvrier frigoriste qualifié. Il lui a fallu dix ans pour apprendre son métier.

Mrs Creel ramassa le journal et se mit à le feuilleter. Ralph restait là, à contempler le plancher. A chaque fois qu'il parlait à son père d'un emploi quelconque, d'une embauche possible, ou de quoi que ce soit concernant le travail, les salaires, et tout le reste, le Vieux tranchait la question, prenait son journal, et la discussion s'arrêtait là. Il n'essayait jamais d'aider Ralph à trouver un emploi. Il ne lui parlait jamais de travail. Parfois, Ralph se disait que son père avait cette attitude parce qu'il était écœuré d'avoir un fils comme lui. Mais il ne semblait pas que ce soit le cas. Mr. Creel donnait plutôt l'impression que la question ne l'intéressait pas, purement et simplement. Malgré tout, c'était bizarre qu'il refuse même d'en parler. Et, d'une certaine façon, c'était aussi un soulagement. Cela suffisait bien que sa mère lui tombe sans arrêt sur le dos pour qu'il trouve du travail. Il avait de la chance que son père paraisse se moquer complètement qu'il travaille ou pas. De temps en temps, Ralph avait mauvaise conscience à ce sujet. Il savait que chaque semaine, Evvie donnait dix dollars à ses parents, sur les dix-huit qu'elle gagnait. Il aurait dû faire quelque chose. Mais on n'embauchait nulle part. Les conditions étaient mauvaises, et il n'y avait rien à ajouter. Est-ce qu'il y pouvait quelque chose, si les conditions étaient mauvaises ?

Les jambes étendues devant lui, Ralph était carré contre le dossier du canapé, les mains dans ses poches de pantalon, et il fixait le tapis d'un regard noir. Se tournant, il jeta un coup d'œil à son père, qui lisait le journal. De la cuisine, lui parvenait le bavardage de sa mère et de ses sœurs, ponctué par les bruits de vaisselle.

Bon. Il fallait qu'il trouve quelque chose. Ça ne pouvait pas durer comme ça. En ce moment, il ne faisait rien. Absolument rien. Comment un type de son âge pouvait-il continuer longtemps à mener une vie pareille – sans bouger le petit doigt ? La moindre des choses, ce serait de trouver un petit boulot, même insignifiant. Comme sa mère le lui répétait sans cesse : n'importe quoi, n'importe quel genre de travail, du moment que c'était un emploi, un vrai. Ralph le comprenait très bien, maintenant. Il se rendait compte qu'il était pratiquement forcé d'aller en ville et de trouver quelque chose – n'importe quoi ; et, sur le champ, il se promit de se lever tôt le lendemain matin pour descendre en ville.

Se croisant les jambes, Ralph tira une longue bouffée de sa cigarette à demi-consumée, puis il écrasa le mégot dans le cendrier. Il contempla la fumée qui s'échappait de sa bouche pour flotter dans les airs. Il se sentait profondément bien. Ralph n'avait rien d'un gros mangeur, mais ce soir, il avait eu vraiment faim et il avait dévoré des rations énormes. Maintenant, son estomac était satisfait. La fumée de sa dernière bouffée s'échappait toujours de sa bouche.

Finalement, il se dit qu'il était plutôt mieux loti que les types qui avaient du travail. C'étaient des esclaves. Ralph était bien placé pour le savoir. Il savait ce que ça voulait dire de travailler dans un service d'expéditions à se crever la paillasse, à écouter les gros bonnets vous traiter d'imbécile, vous montrer ci, vous montrer ça, vous dire de faire ceci et de faire cela, et vous demander où vous étiez fourré le jour de la distribution de matière grise. Et les paquets, et les colis, les jurons, le papier, la ficelle. Et la poussière, la sueur, et tous les employés fatigués, déprimés, marmonnant des injures, haïssant le patron, se détestant les uns les autres, qui attendent et espèrent une seule chose : l'heure de la sortie, et qui prient pour qu'il soit cinq heures et demie le plus tôt possible, parce qu'il y a des limites à ce qu'un homme peut supporter.

Et c'était cela, avoir un emploi.

C'était ce qu'on appelait « faire quelque chose ». Ma foi, si faire quelque chose se résumait à ça, Ralph aimait autant rester assis à ne rien faire du tout. Si les autres étaient assez bêtes pour s'enterrer dans le trou à rats du service des expéditions pour y crever à petit feu, lui, au moins, il préférait prendre la vie du bon côté et rester à traîner au coin de la rue où, au moins, il pouvait respirer de l'air frais. Et le problème serait partout le même, qu'il fasse des colis dans les sous-sols d'un magasin, qu'il travaille dans un atelier d'usinage, dans une boucherie, dans un grand bureau, ou n'importe où. Un emploi, c'est toujours un emploi, et ça n'en vaut pas la peine, car rien n'en vaut la peine si on ne prend pas de plaisir à le faire. Bien sûr, ces types-là étaient contents quand ils touchaient leur paye chaque semaine, mais après tout, c'était pour ça qu'ils travaillaient, et toute la question était de savoir si cela valait le coup de se donner tant de mal à travailler, travailler et travailler encore pour toucher un chèque chaque semaine, surtout quand on réfléchissait à la somme inscrite sur le chèque. Et en allant encore plus loin, pourquoi est-ce que tous ces types travaillaient, en fait ? Pour le fric ? Mais ce fric, ils le dépensaient. Et ils le dépensaient comment ? S'ils étaient célibataires, comme lui, ils devaient en claquer au moins la moitié pour se loger. S'ils avaient la chance de gagner vingt dollars par semaine, ils devaient en sacrifier dix. Il leur en restait dix. Et qu'est-ce qu'ils en faisaient ? Ils avaient dix dollars en poche et ils se prenaient pour des nababs. Ils dépensaient leur fric à acheter des cravates, des chaussures, des chapeaux, des manteaux, des cigarettes, des coca-colas, ou dans les salles de billard ou sur les pistes de bowling et dans les bars, à descendre des chopes de bière en jouant aux fléchettes. Mais ils en consacraient la majeure partie aux femmes.

Tous ces imbéciles, tous ces gogos, tous ces crétins, avec leurs petits boulots, leur regard d'ahuri au fond des yeux, se mettaient en frais pour sortir une fille. Et ils gaspillaient tous leurs efforts – chemise blanche impeccable, col blanc amidonné – pour une mocheté, trop heureuse de se faire inviter dans un endroit où elle espérait rencontrer quelqu'un de plus intéressant.

Et le manège continuait encore et encore, et quand le dimanche arrivait, les fonds étaient à zéro. Ou peut-être qu'il leur restait quelque chose, après tout. Peut-être même qu'ils avaient un peu d'argent à la banque. Disons, jusqu'à quarante dollars. Une vraie fortune. Quarante dollars à la banque. Alors, c'était vraiment le moment de s'installer dans la vie. Et comment ! Trente dollars par semaine, quarante dollars à la banque. Et avant de comprendre ce qu'ils faisaient, ces imbéciles, ces crétins allaient demander – et ce n'était pas une plaisanterie – ils allaient demander à la fille de les épouser. Est-ce qu'ils s'imaginaient qu'ils faisaient ça pour être heureux ? Elle était bien bonne. Etre heureux ! Quelle blague ! Bon sang, quelle bande d'imbéciles ! Quelle bande de cinglés ! Ils faisaient la plus grosse erreur de leur vie. Et à partir de là, ils commençaient sérieusement à en baver. C'était vraiment dommage pour ces abrutis, mais ils n'avaient à s'en prendre qu'à eux-mêmes. Au lieu de rester tranquilles, ils ne pouvaient pas s'empêcher de se marier. Et ils se retrouvaient un beau jour, avec une femme sur les bras, une femme avec une grande gueule et le genre de visage qui les faisait réfléchir, quand ils le regardaient pour de bon quelques mois après le mariage, et se demander s'ils n'avaient pas des problèmes de vision. Mais ce n'étaient pas leurs yeux qui avaient besoin d'être soignés. C'était leur cerveau. Et maintenant, il était trop tard. Imaginez un type qui rentre du boulot – vous allez voir, c'est vraiment quelque chose – il rentre chez lui après le boulot, et toute la journée il n'a pas arrêté d'en baver. Il est crevé, complètement déprimé, et il n'a qu'une envie, c'est qu'on le laisse tranquille. Alors, il rentre chez lui, vous voyez ? Et aussitôt sa femme lui tombe sur le dos. Depuis le matin, elle n'a rien eu d'autre à faire que de chercher des prétextes pour une bonne grosse scène de ménage dès le retour de son mari. Alors, sans lui laisser le temps de souffler, elle pousse sa chansonnette, et lui, il lui demande de la fermer. Enfin, il s'asseoit pour dîner, mais sa femme ne sait pas faire la cuisine, et il aimerait bien faire un saut jusqu'à Broad Street pour acheter quelque chose à manger chez Horn et Hardart. Mais il ne dit rien, malgré tout, parce qu'il n'a pas envie de la vexer. Alors, il regarde en face de lui, et qu'est-ce qu'il voit ? Il voit la tête de sa femme, de l'autre côté de la table. La tête de la fille qu'il a épousée. Et il se demande : « Mais qu'est-ce que j'ai fait ? Bon Dieu, qu'est-ce que j'ai fait ? » Et il cligne des yeux plusieurs fois de suite, et peut-être même qu'il les ferme complètement pendant quelques secondes. Il se dit que, sans doute, quand il les rouvrira, il se retrouvera chez lui, assis avec toute sa famille, de nouveau célibataire, libre d'aller et venir à sa guise et de faire tout ce qui lui passe par la tête. Mais quand il rouvre les yeux, il s'aperçoit que ce n'est pas un cauchemar. C'est la réalité. Bon Dieu, il ne rêve pas. Cette tête en face de lui. Et elle hurle après lui, il ne sait pas trop pourquoi. Elle est bonne celle-là. Comme si sa femme avait le droit de lui crier aux oreilles. Il pose son couteau et sa fourchette. Il a déjà perdu l'appétit. Il est prêt à tout, parce qu'il en a par-dessus la tête. Et elle continue d'aboyer, encore et encore. Tout à coup, il explose, et il lui dit de la fermer, sinon il va lui casser toutes les dents. Finalement, il se lève et il sort, et elle se met à pleurer. Et tout ça, c'est ce qu'on appelle une belle histoire d'amour. C'est ce qu'on appelle le bonheur conjugal.

Ralph rit tout haut. Rejetant la tête en arrière, il appuya sa nuque contre le dossier du canapé. Son rire en cascade reprit de plus belle tandis qu'il se laissait flotter au fil de ses réflexions, dont l'ironie grinçante le mettait en joie.

Son père lui jeta un bref regard, puis se replongea dans son journal.

Ralph pensait de nouveau à tous ces hommes mariés qui nageaient dans le bonheur. Et, malgré tout, ils continuaient à aller travailler tous les jours. Ils arrivaient encore à arracher leurs trente dollars par semaine, et cette somme se retrouvait dépensée jusqu'au dernier cent. Jusqu'au dernier malheureux cent. Leurs femmes y veillaient. Les dessinateurs humoristiques, les comiques qui racontaient des blagues à la radio, en font tous un sujet de plaisanterie : les femmes qui dépensent tout l'argent du ménage. Mais ce n'était pas une plaisanterie. Cela n'avait rien de comique. C'était de l'assassinat pur et simple. Ces types se tuaient au travail pour trente dollars par semaine, et même s'ils avaient pu économiser un dollar – ce qui était tout à fait hors de question – leur femme n'aurait pas manqué de le dépenser jusqu'au dernier cent. Mais, bon – supposons qu'ils mettent de côté un dollar par semaine. Alors, qu'est-ce qu'ils en faisaient, ensuite ? Qu'est-ce qu'ils pouvaient bien en faire, bon sang ?

Sans hésiter, ils décidaient d'avoir un gosse.

Oui, ils décidaient d'avoir un gosse. Vous vous rendez compte de ce que ça veut dire ? Est-ce que vous avez bien réfléchi à ce que ça signifie ?

Pinçant les lèvres, Ralph secoua la tête pour exprimer une dérision mêlée de pitié.

Un gosse. Et les ennuis qui commencent. Des ennuis et un marmot. Ça allait bien ensemble. Dès le début, ça faisait une bonne équipe. Et puis un autre gosse. Qui braille dans toute la maison. Des ennuis, encore des ennuis.

Mais à partir de là, les pensées de Ralph s'évanouirent dans un gouffre rempli d'une vague grisaille. Il n'avait pas envie de réfléchir au problème. Il perçut une dernière image, imprécise, de tous ces pauvres imbéciles avec leurs petits boulots et leurs petites maisons et leurs femmes et leurs gosses et leurs ennuis.

Et il n'eut plus envie de s'intéresser à leur sort.

Au lieu de cela, il se mit à penser à lui.

A lui, Ralph, qui était au chômage, et bien content de l'être. Il avait la belle vie. Le matin, il dormait autant qu'il le voulait. Et il allait se coucher quand il en avait envie. Il faisait ce qu'il voulait. Bien sûr, il n'avait jamais un sou en poche. Mais qu'est-ce que ça changeait ? Pas d'argent, pas de problèmes d'argent. Sinon qu'il connaissait un tas de choses qu'il achèterait s'il avait de l'argent. Son regard s'attarda sur la flanelle grise usée de son pantalon. Ce costume, il l'avait payé soixante-dix. Soixante-dix beaux billets. Sept cents dollars. Sept mille dollars. Soixante-dix mille dollars. Sept cent mille dollars.

– P'pa, demanda-t-il, est-ce que tu as de la petite monnaie, sur toi ?

Mr. Creel mit la main dans sa poche. Il en retira un demi-dollar, un quart de dollar et trois pennies *.

Ralph lorgnait le demi-dollar.

– J'aimerais bien te le donner, fils, dit Mr. Creel, mais j'emmène ta mère au cinéma, ce soir. Prends le quart de dollar et les trois pennies.

– Merci, P'pa. Je vais seulement prendre les trois pennies.

– Prends le quart de dollar aussi.

– Non, seulement les trois pennies.

Son père haussa les épaules et lui donna les trois cents.

Ralph regarda avidement le quart de dollar réintégrer la poche de son père. Il ajouta :

– Offre un soda à M'man après le cinéma.

Son père le regarda sans rien dire ; il se contenta de le regarder, puis il reprit son journal.

Ralph se mit à se traiter de tous les noms. Vingt-cinq cents. Il avait laissé passer vingt-cinq cents. Il avait laissé passer tout l'argent du monde. Ce n'était pas la première fois qu'il faisait ce genre d'ânerie. Ce n'était pas la première fois que son père lui offrait davantage que deux ou trois piécettes sans valeur, et qu'il gâchait une pareille occasion.

Un quart de dollar. Une belle pièce ronde. Cela voulait dire un autre paquet de cigarettes, et un soda. Cela voulait même dire qu'il pouvait jouer au grand seigneur et offrir un soda à ses amis. Et il avait laissé passer ça.

Ralph regarda les trois piécettes au creux de sa

(*) penny : pièce de 1 *cent*.

main. La belle affaire ! Trois cents. Le premier pour quelques pistaches. Et les deux autres pour des cigarettes au détail. Il n'aimait pas taper ses amis quand il avait envie de fumer. Parfois, il était bien obligé. Il lui arrivait même de quémander les espèces de brûle-gueule que Dingo roulait lui-même, avec du tabac à cinq cents le paquet. Dingo. Il eut envie de rire. Dingo. En pensant à lui, Ralph se représentait ses cheveux plaqués sur le crâne par la gomina, les loques qu'il portait, son regard vide. Puis il songea à George, à Ken, et à lui-même, plantés au coin de la rue, devant la boutique de Silver. Et alors ? Il y en avait plein, des coins de rue. Il y en avait plein, des coins de rue avec des boutiques. Et plein de types comme eux plantés sur le trottoir, au coin d'une rue, devant une boutique. Dans une grande ville comme celle-là, ça faisait plein de types au coin des rues. Et il y avait plein de grandes villes dans un grand pays comme celui-là. Et plein de coins de rue dans toutes les grandes villes de ce grand pays. Plein de types au coin des rues. Plein ? Des millions. Des millions de types au coin des rues dans les grandes villes. Plantés sur le trottoir, les mains dans les poches, en attendant qu'il se passe quelque chose. Et que pouvait-il bien leur arriver ? Un tremblement de terre, une inondation surgie d'un égout éventré, une grande berline noire remplie de gangsters et poursuivie par une patrouille de police, la voiture du laitier qui passe en trombe parce que son cheval s'est emballé, deux gosses qui se battent dans la rue, un carrosse en ivoire massif tiré par six chevaux blancs et bourré de lingots d'or. Et le carrosse viendrait s'arrêter au coin de la rue, là où tous les types attendent, et ils n'auraient qu'à s'approcher pour se servir en lingots d'or. Ensuite, ils pourraient tous se retrouver dans une ruelle sombre et jouer les lingots aux dés. Là, il y aurait vraiment de l'action. Au lieu de commencer le jeu à cinq cents le point, ils déposeraient leurs lingots sur le ciment craquelé de la ruelle, et ils joueraient gros dès le premier coup. Et l'un d'eux serait le grand gagnant. Il ramasserait vingt lingots d'or, l'équivalent, peut-être, de sept cent mille dollars. Posséder sept cent mille dollars ! Un jour, à la bibliothèque, Ralph avait lu que les hommes qui ont beaucoup d'argent dépensent tout pour les vêtements, les femmes, le jeu, les voyages, et tout ce qui brille, qui scintille ou qui resplendit. L'éclat, le brio, le chic, le panache, c'était ça, les grands seigneurs. Les nababs avec leur fric, et leur feutre de luxe, et leur cabriolet lavande, capote baissée, qui dévale une rue sombre dans la nuit noire vers un club chic tout illuminé par des lumières vertes, oranges, roses et bleu pâle ; où la piste de danse circulaire est en marbre noir poli ou en verre sombre, avec un orchestre sur une estrade argentée, et une rangée de neuf créatures de rêve en train de danser, l'éclat et le chatoiement et le luxe dans les moindres détails, dans ce club de luxe, et les grands seigneurs qui ont de grandes conversations, tout est grand, tout brille, tout scintille, tout est grand, tout est beau, tout est luxueux. Les grands seigneurs. Les grands gagnants de la grande partie de dés. Des hommes puissants, des hommes intelligents, des hommes qui ont de la chance. Le brillant, le brio, l'éclat et le panache. Les boutons de cols en émeraude sur un plastron blanc, et sept mille dollars. Soixante-dix mille dollars. Sept cent mille dollars, tout ce qu'il y a de plus authentique. Roulez, les dés.

Au coin de la rue, devant la boutique du père Silver. A tous les coins de rue, dans toutes les villes. Aux coins des rues des grandes villes de ce grand pays. Une foule de types plantés sur les trottoirs, les mains dans les poches, en attendant qu'il se passe quelque chose, en l'an de grâce 1936.

5

C'était samedi soir. Dingo se peignait. Ses cheveux noirs commençaient à se clairsemer. Se versant sur le crâne une bonne dose de crème à dix cents, Dingo se mit à l'étaler pour la faire pénétrer. Puis il se lissa les cheveux avec la paume, et continua à les lisser jusqu'à ce qu'ils forment un casque d'un noir brillant. Dingo était content de l'effet produit. Il se regarda dans la glace. Il ne sourit pas, mais il hocha lentement la tête. Il ne manquait pas d'allure. Dingo portait une chemise blanche au col amidonné. Les bords du col étaient élimés, et il y avait une tache sur le tissu blanc, mais personne n'y ferait attention. Sa cravate était verte et marron. Et pour couronner le tout, il portait un costume que son frère n'avait mis que trois fois. Et personne ne remarquerait ses chaussures fendues. Même si cela se voyait, l'allure folle de sa coiffure d'un noir lisse et luisant compenserait largement.

Dans cette petite maison, contiguë à d'autres

toutes semblables, Dingo vivait avec sa mère, son frère aîné, et la femme de celui-ci. Le frère de Dingo avait quarante-trois ans, et il était marié depuis quatre ans. Il était avoué, et gagnait en moyenne une cinquantaine de dollars par semaine. Sa femme était une grosse blonde. Elle avait une grande gueule. Elle n'aimait pas Dingo. Dingo ne l'aimait pas. Elle n'aimait pas la mère de Dingo. La mère de Dingo n'aimait personne – à part Dingo. Elle n'en faisait jamais assez pour Dingo. Elle avait soixante-sept ans. Elle appelait Dingo « mon garçon ». Il l'appelait « chérie ».

Un jour, en rentrant chez lui, Dingo vit sa mère pleurer. Il lui demanda ce qui n'allait pas.

– J'ai comme l'impression, répondit-elle, que Clarence et sa femme vont partir un jour ou l'autre. Ils me laisseront toute seule, sans rien du tout.

– Ne t'en fais pas, chérie, fit Dingo. Moi, je resterai avec toi. Je ne te quitterai jamais.

Elle cessa de pleurer et serra très fort la main de Dingo entre les siennes.

– Tu es un bon garçon, dit-elle.

Dingo hocha la tête, le visage grave.

– Naturellement, fit-il.

Il savait que Clarence n'irait jamais s'installer ailleurs, même si la grosse blonde le lui demandait.

Dingo n'aurait qu'à raconter à Clarence certains détails qu'il avait découverts concernant la blonde. Dingo connaissait un bon nombre de choses qu'elle avait faites, et certaines de celles qu'elle faisait en ce moment même. Il n'avait pas envie de dire quoi que ce soit à Clarence, parce qu'il ne voulait pas faire de peine à son frère. Mais si jamais Clarence décidait de déménager et de laisser sa mère sans ressources, alors le moment serait venu, pour Dingo, de lui dire deux mots. Dingo n'aimait vraiment pas la blonde. Elle s'appelait Lenore. Un jour elle était entrée dans la maison alors que tous ses copains étaient là, et elle avait entendu l'un d'eux appeler son beau-frère « Dingo ». Un peu plus tard, elle utilisa ce surnom, elle aussi. Elle s'adressa à lui en lançant : « Salut, Dingo ! » Il vint jusqu'à elle et lui dit : «Je t'interdis de me donner ce nom. Le mien, c'est Philip. Tu peux m'appeler Philip, ou Wilkin. Mais ne m'appelle pas Dingo. » Elle rit et répondit : « Mais c'est pourtant ce que tu es, non ? Tu es vraiment cinglé, n'est-ce pas, Dingo ? » Il traversa la pièce et saisit un lourd cendrier de verre teinté. Revenant sur ses pas, il brandit le cendrier près de la tête de la blonde, et lui demanda : « Ça te plairait que je te brise ça sur le crâne ? » Ecarquillant les yeux, elle recula d'un pas. A chaque fois qu'il se remémorait cette soirée, Dingo jubilait.

Se détournant du miroir, il examina une seconde fois ses chaussures. Il avait vraiment besoin d'une nouvelle paire. Dès qu'il trouverait de l'embauche, pour une journée de travail, à installer une chaudière à mazout, il s'achèterait une paire de chaussures neuves. En tout cas, le moins qu'il puisse faire pour le moment, c'était de faire briller celles qu'il avait aux pieds. Se penchant en avant, il posa un pied sur le lit et frotta le cuir avec sa manche, puis il recommença l'opération avec l'autre. Ça irait bien comme ça.

Avant de passer dans la salle de bains, Dingo se retourna pour voir s'il y avait quelqu'un dans la chambre donnant sur la rue. Le samedi soir, quand Clarence et Lenore étaient sortis, il pouvait s'y glisser discrètement et verser sur son mouchoir un peu de parfum de Lenore. Il s'en tamponnait le cou, sous sa chemise. Il aimait bien l'odeur de ce parfum. Mais ce soir, il ne pourrait pas en prendre, car Clarence et Lenore venaient de rentrer, et ils se trouvaient dans la chambre, en ce moment. Ils se disputaient. Dingo passa dans la salle de bains pour se laver les mains. Il venait de travailler à la cave pour régler le chauffage, et ses mains étaient toutes noires. Pendant qu'il se les lavait, il laissa la porte ouverte, pour pouvoir écouter la dispute.

– Salope ! fit Clarence.

– Je t'interdis de me traiter de salope, espèce de fils de pute !

– Je vais te casser la tête, bon Dieu ! Je vais te casser tous les os, un par un.

– Si tu lèves la main sur moi, dit Lenore, j'appelle les flics. Et je te fais envoyer en taule pour le restant de tes jours, espèce d'ordure.

– Grosse salope.

– Je ne te conseille pas de me traiter de grosse salope.

– Je t'appelle comme j'ai envie de t'appeler. Tu n'as pas besoin de me dire comment je dois t'appeler. Je le sais très bien.

– Espèce de gros salopard de fils de pute.

– Repose cette lampe. Tu vas la casser.

Après s'être essuyé les mains, Dingo sortit de la salle de bains et descendit l'escalier. Il regarda la pendule. Il était huit heures. Dingo devait retrouver ses amis au carrefour, à huit heures et demie. Il mit son chapeau et son manteau, puis se planta devant la porte, sortit de sa poche son paquet de tabac à cinq cents et se roula tranquillement une cigarette.

Quand elle fut prête, il l'alluma et se mit à fumer. S'adossant confortablement contre la porte, il tira sur sa cigarette en écoutant la scène qui se poursuivait au premier étage.

– Repose cette lampe.

– Frappe-moi, si tu oses.

Repose cette lampe, nom de Dieu, sinon...

Dingo inspira une longue bouffée. Puis il ressentit comme un vide à l'estomac, et il se rappela qu'il n'avait rien mangé depuis une heure de l'après-midi, lorsqu'il s'était levé pour prendre une tasse de café et un morceau de pain. Constamment, il oubliait de se nourrir. Si sa mère avait été là cet après-midi, elle aurait veillé à ce qu'il dîne. Mais elle était partie voir quelqu'un. Elle passait son temps à rendre visite aux voisins.

Dingo entra dans la cuisine et ouvrit la glacière. Il y trouva une bouteille de lait, à moitié pleine. La débouchant, il la porta à ses lèvres et en but quelques gorgées. Puis il remit la capsule en place. Et maintenant, quoi d'autre ? La glacière était pratiquement vide. Sur un morceau de papier paraffiné, il y avait quelques tranches de fromage. Dingo les fourra dans sa bouche. Plongeant le bras dans la glacière, il rafla une poire qui était perdue dans le fond. En deux bouchées, le fruit fut terminé. Il n'y avait plus rien d'autre à manger, maintenant. Refermant la glacière, il alla jusqu'à l'évier où il but un verre d'eau. L'eau lui remplirait le ventre. Il en avala un demi-verre de plus. Puis il retraversa la maison et, arrivé devant la porte, il s'arrêta pour se rouler une autre cigarette. Il la fuma sur place, en écoutant les hurlements en provenance du premier.

– Espèce de salope, tu vas la poser, cette lampe ?

– Frappe-moi, ordure, frappe-moi donc !
– Oui, je vais te frapper. Je vais te tuer.
– Vas-y. Tue-moi. Et tu te retrouveras au bout d'une corde. Pendu par les pieds dans le vide jusqu'à ce que tu en crèves.
Tirant une longue bouffée de sa cigarette, Dingo sortit et referma la porte. Il descendit les cinq marches du perron et se retrouva sur le trottoir. Levant les yeux, il regarda le ciel. C'était un ciel froid, d'un bleu profond, et rempli d'étoiles. La lune était pleine. Dingo se dirigea vers la boutique du coin de la rue.

Au carrefour, ils étaient tous là, à grignoter des pistaches en se jetant les coquilles vides. Quand Dingo arriva, il eut droit à un tir de barrage. Baissant la tête, il affronta l'averse, et demanda :
– Qu'est-ce que ça veut dire ?
George sourit.
– Quel est le programme, pour aujourd'hui ?
– L'amour, répondit Dingo.
Ils rirent tous, Dingo plus fort que les autres.

6

Ken entra dans la boutique pour acheter un paquet de cigarettes. George contemplait le trottoir. Ken regardait le ciel. Dingo glissa une piécette dans le distributeur de pistaches et oublia de tirer la poignée. Il resta planté devant l'appareil, en attendant que les pistaches sortent. Elles ne sortaient pas. Dingo fronça les sourcils et dit :

– Allez... allez... !

– Que se passe-t-il ? demanda George.

– Cet appareil... Il me fait tourner en bourrique.

Dingo décocha un coup de poing au distributeur. George s'approcha et tira la poignée. Dingo versa des pistaches dans la main de George. Il en offrit à Ralph.

– Non, fit Ralph.

Fourrant ses mains dans ses poches, Ralph s'adossa mollement contre le mur de briques.

Ken ressortit de la boutique et lança :

– Allons-y !

Il donna des cigarettes à Ralph et à George. Dingo s'en roula une nouvelle. Puis il partirent tous les quatre.

– Où on va ? demanda Ralph.

– Faire la fête, répondit Dingo.

– Sans moi, fit Ralph.

George le regarda.

– Pourquoi ?

– Ça ne me dit rien, c'est tout.

– Il y a de quoi bouffer, et tout, insista Dingo.

– Qu'est-ce que tu vas faire, sinon ? demanda Ken.

– Je vais aller me balader, marmonna Ralph. Du côté de la salle de billard.

– Tu as du fric ? demanda Ken.

– J'ai deux cents au fond de ma poche.

– Qu'est-ce que tu vas faire à la salle de billard, avec deux cents ? dit George.

– Traîner un peu autour des tables. Je pourrai peut-être emprunter de l'argent et le miser sur une partie avec quelqu'un.

– Ouais, fit Ken, ça, c'est une bonne idée. La dernière fois qu'on t'a prêté un dollar, tu l'as parié, et tu as gagné deux dollars. Puis tu as doublé la mise et ça t'en a fait quatre. Finalement, tu t'es retrouvé avec dix dollars. Et là, tu as eu la folie des grandeurs, et tu t'es mis à jouer contre un type qui n'attendait que ça pour te rafler ton fric. Tu devrais laisser tomber le billard, Ralph. Tu deviens enragé, quand il s'agit de billard.

– Seulement de billard ? demanda Ralph, d'une voix à peine audible.

– Quoi ? fit George.

– Rien, dit Ralph. Se retournant, il s'adressa à Dingo : Tu as sûrement invité une fille pour moi, je suppose ?

– Bien sûr. Il y aura des filles, de la bouffe, et tout.

– Excuse-moi, Dingo. Ce n'est pas par plaisir que je te laisse tomber, mais je...

– Ça ne fait rien, répondit Dingo. Je dirai seulement à la fille que tu es tombé dans l'escalier et que tu t'es cassé le cou.

George et Ken s'esclaffèrent. Ralph ne rit pas. Il se sentait déprimé. Il ne savait pas très bien pourquoi, mais il avait le moral à zéro. Il n'avait aucune envie de se rendre à une soirée. Il ne voulait aller nulle part. Il ne voulait rien faire. Il était déprimé, tout simplement.

Malgré tout, il suivait toujours les autres. Pendant un bon moment, ils n'échangèrent pas un mot. Puis Ken gloussa, et il annonça :

– J'ai failli oublier de vous le dire, les gars. Mon père a reçu cinquante dollars pour cet accident de tram.

– Sans blague ! fit George.

– Ouais, ça s'est réglé aujourd'hui. Mon vieux se pavane comme un millionnaire. Ce soir, il m'a glissé un dollar.

– Donne le moi, dit Dingo.

– Tu peux toujours courir, fit Ken. Sortant de la monnaie de sa poche, il contempla les pièces argentées et déclara : Il y a bien six mois, je crois, que je n'ai pas tenu autant d'argent dans ma main.

– Un malheureux dollar, dit George. Tu parles d'une affaire.

Ils arrivèrent à la bouche de métro. Ralph resta en retrait. Ken se retourna et lui agrippa le bras.

– Allez, viens, espèce d'imbécile.

– Qu'est-ce que tu vas faire, sinon ? demanda George.

– Il y a de quoi bouffer, et tout, insista Dingo.

– Je n'ai vraiment envie de rien, marmonna Ralph.

– Qu'est-ce que ça veut dire ? fit Dingo.

– Viens, dit Ken, en tirant Ralph par le bras.

Ils s'engouffrèrent tous les quatre dans l'escalier du métro, et ce fut Ken qui acheta les tickets pour tout le monde. Ce soir, c'était lui qui avait de l'argent, et il se mit en colère quand George voulut payer le sien. George continua à protester. Ralph et Dingo ne pouvaient pas protester. Ils n'avaient pas d'argent.

Une fois sur le quai, en attendant le métro, George revint à la charge.

– Pourquoi tu ne m'as pas laissé payer ? J'ai vingt cents sur moi.

– Garde-les, fit Ken.

– J'aime payer mon ticket.

– La ferme, dit Ken.

Le métro arriva. Ils montèrent. La voiture était bondée. Il n'y avait aucun siège libre. Le métro démarra brutalement. Dingo faillit tomber.

Il y avait un ivrogne près de la porte. C'était un gros type en bleu de chauffe. Il avait travaillé dur toute la semaine, et maintenant, c'était samedi soir, et il était saoul. Il annonça :

– Prochain arrêt... Hanker Crossing. Prochain arrêt... Hanker Crossing.

– Vous vous trompez, fit Dingo. Le prochain arrêt, c'est Allegheny Avenue.

Plusieurs passagers rirent. Ken avertit Dingo.

– Ne commence pas à l'asticoter. Il a une mauvaise cuite.

Dingo répéta :

– Prochain arrêt... Allegheny.

L'ivrogne regarda Dingo et dit :

– C'est vous qui allez m'apprendre quel est le prochain arrêt ?

– Prochain arrêt... Allegheny, fit Dingo.

– Laisse tomber, dit George. La soirée est à peine commencée. Il est trop tôt pour chercher des histoires.

– Je ne cherche pas des histoires, protesta Dingo. Le prochain arrêt, c'est Allegheny Avenue. Tout le monde sait ça.

L'ivrogne avança d'un pas vers Dingo, et faillit tomber lorsque le métro fit une embardée.

– Moi, je le sais pas, grogna-t-il.

– Eh bien, je vous l'apprends, répondit Dingo.

– Ah, ouais ? fit l'ivrogne.

– Ouais, répéta Dingo.

Ken chuchota :

– Ferme-la un peu, maintenant, Dingo...

– Ecoutez, fit l'ivrogne. Je suis né à Hanker Crossing, au Nebraska.

Dingo répondit :

– Ça m'est égal que vous soyez né à Salt Lake City.

Quelques passagers s'esclaffèrent. Ken dit à George :

– Ce cinglé de Dingo va encore nous fourrer dans une bagarre. Je le sens.

L'ivrogne reprit :

– Le prochain arrêt, c'est Hanker Crossing.

– Le prochain arrêt, c'est Allegheny Avenue, rectifia Dingo.

– Est-ce que vous insultez ma ville natale ? demanda l'ivrogne. Vous insultez cette bonne vieille ville de Hanker Crossing ?

– Je n'ai jamais entendu parler de Hanker Crossing, déclara Dingo.

– C'est une insulte ! rugit le poivrot. Bon sang, je vais vous balancer aussi sec par la fenêtre.

– Je parie cent dollars que vous n'en êtes pas capable, dit Dingo.

Les passagers échangeaient des regards et, mal à l'aise, se détournaient de la scène. L'ivrogne avança vers Dingo. Il jurait, il crachait, ses yeux étaient rouges, et il avait l'air mauvais. Ralph s'interposa.

– Ça va comme ça, mon vieux. Calmez-vous.

– Qui vous êtes ? demanda l'ivrogne.

– C'est un boxeur professionnel, annonça Dingo.

– J'ai pas peur d'un boxeur professionnel ! J'ai peur de personne. Je vais vous flanquer par la fenêtre, tous les deux ensemble. Je vais nettoyer tout le wagon. Je vais me battre avec tous les hommes qui sont dans ce métro, et avec tous les hommes de cette ville.

– Je vous conseille de rester tranquille, dit Ralph.

– Ah oui ?

– Oui.

Ralph commençait à perdre son calme. Ce type était saoul, mais lucide ; il savait très bien ce qu'il faisait. Il était mauvais comme une teigne, et il crânait devant tout le monde.

George dit à Dingo :

– Tu vois ? Tu nous as encore mis dans le pétrin. Maintenant, Ralph s'énerve. Ça va se terminer par une bagarre. Il faut toujours que tu cherches des histoires.

Ken chuchota à l'oreille de Ralph :

– Ne fais pas attention à lui. Il a une mauvaise cuite. Quand un type est dans cet état-là, il peut faire pas mal de dégâts.

George dit à Ken :

– Il ne t'entend pas. Il est furieux, maintenant. Quand il s'énerve, rien ne peut l'arrêter. Il a toujours été comme ça, même quand il était môme.

L'ivrogne répéta :

– Je vous prends tous, les uns après les autres. Le train entier. Et croyez pas que j'en suis pas capable. Et je vais commencer par vous.

– Allez-y, dit Ralph. Commencez par moi.

Une femme hurla :

– Appelez le chef de train !

– Prochain arrêt... Allegheny Avenue, fit Dingo.

L'ivrogne lança un juron. Le train freina brusquement. L'ivrogne bascula en avant et lança deux énormes poings vers le visage de Ralph. Ralph reçut un coup à la mâchoire, le second en pleine poitrine. Il en eut le souffle coupé. Il ferma les yeux, puis, les rouvrant très vite, il vit un poing foncer sur lui. Penchant la tête sur le côté pour éviter le coup, il expédia un direct du gauche qui toucha l'ivrogne à l'estomac. Sous le choc, le poivrot se plia en deux, et Ralph le frappa au visage, du gauche, du droit, encore du gauche, puis du droit. Ralph était déchaîné, maintenant, et il ne savait plus ce qu'il faisait. Il vit l'ivrogne s'effondrer, mais il le releva d'un uppercut et, lui coinçant la tête du bras gauche, il se prépara à le frapper du droit ; son poing, qui frémissait au bout de son bras replié, comme une flèche sur un arc bandé, ne demandait qu'à partir. C'est alors qu'on lui sauta dessus pour arrêter le combat. Le poivrot se retrouva par terre. Le train freina de nouveau, les passagers tombèrent les uns sur les autres, des femmes hurlèrent. George et Ken tenaient les bras de Ralph, fermement.

– Lâchez-moi ! dit Ralph.

– On va se faire embarquer par les flics, dit George.

L'ivrogne saignait de la bouche. Il se débattait pour échapper aux hommes qui le clouaient au sol. Entre deux hurlements, il lâchait des bordées de jurons.

– Laissez-moi me relever, que je lui règler son compte ! Je vais le balancer tout droit par la fenêtre.

– Appelez le poste de police, demanda une femme.

Se retournant, Ken lui dit :

– Vous, ma petite dame, fermez-la.

– Qui vous permet de me parler sur ce ton, espèce de petit voyou ? Les gens comme vous, on devrait les jeter en prison. Je suis mère de famille, moi, et j'ai trois fils...

– C'est parfait, dit Dingo. Moi, j'ai trois mères.

– Vous aussi, ajouta la femme, vous êtes à mettre dans le même panier. C'est vous qui avez déclenché tout ça. C'est une honte !

– Laissez-moi lui régler son compte ! hurlait le poivrot.

– Foutons le camps d'ici, et vite ! proposa Ken.

George entraîna Ralph loin du bruit et de l'agitation provoqués par l'incident, et, tous les quatre, ils se frayèrent un chemin parmi la foule pour gagner la voiture suivante. Puis ils continuèrent à passer de wagon en wagon, et ils se retrouvèrent en tête de train.

Ralph examina ses phalanges. La peau était à vif. Touchant sa mâchoire du bout des doigts, il demanda :

– Elle est enflée ?

– Non, répondit Ken. Tu n'as pas une seule marque sur toi.

Regardant Dingo, George dit :

– Espèce d'imbécile.

– Qu'est-ce que ca veut dire ? fit Dingo.

Ralph contempla le plancher et secoua lentement la tête.

– Je ne voulais pas le frapper. C'est lui qui a commencé. C'est bien lui qui a commencé, non ?

– Bien sûr, reconnut George. Il l'a bien cherché.

– Je ne voulais pas le frapper. Il était saoul. Il ne pouvait pas se défendre. Ralph secouait toujours la tête. Il avait honte de lui. Relevant les yeux, il lança un regard noir à Dingo et marmonna : Tout ça, c'est de ta faute. Pourquoi est-ce que tu as commencé à l'asticoter ?

– Je n'ai fait qu'exprimer un point de vue, protesta Dingo.

Ralph baissa la tête. Il avait envie de vomir. Il oublia la brûlure de ses phalanges à vif, la douleur lancinante qui irradiait sa mâchoire. Il ne pensait qu'au sang jaillissant de la bouche de l'ivrogne, à la souffrance mêlée de rage qu'il avait lue dans ses yeux rougis, et cela lui soulevait le cœur. Il n'était pas fier de ce qu'il avait fait.

– Laissons tomber, dit-il.

George et Ken échangèrent un regard. Dingo examina les panneaux publicitaires, au-dessus de la tête de Ralph. En grinçant de toutes parts, le métro poursuivait sa route vers le sud de la ville.

Dans le petit salon d'une maison modeste, quatre filles étaient assises. Elles attendaient.

Agnes Donahue regarda la pendule.

– Ils ne devraient pas tarder à arriver.

– Ils ne viendront peut-être pas, dit Mabel.

– Ça ne m'étonnerait pas, fit Pauline.

– Je m'attends au pire, ajouta Mabel.

– Et alors ? Qu'est-ce que vous espérez ? demanda sèchement Agnes. Des vedettes de cinéma ?

Agnes, âgée de vingt-quatre ans, avait un physique extrêmement ingrat. Elle était au chômage et vivait avec sa mère – veuve – ses deux sœurs et ses trois frères. Ce soir, elle les avait tous chassés de la maison. Mais elle n'y était parvenue qu'après une dispute effroyable. Agnes avait pleuré, et flanqué un coup de poing dans l'œil de l'un de ses frères. Leur mère avait pleuré à son tour. Agnes avait hurlé qu'elle ne connaissait pas de garçons, et que, maintenant qu'elle avait l'occasion de rencontrer quelqu'un et peut-être de se marier, sa satanée famille allait tout gâcher. Sa mère, ses deux sœurs, et ses trois frères avaient fini par lui laisser la maison.

– Je ne pense pas qu'ils viendront, dit Mabel.

– Oh, tais-toi, fit Pauline.

Grande, très maigre, Pauline avait des dents de lapin et des taches de rousseur. Elle avait vingt-cinq ans. Elle était au chômage, elle aussi.

– J'étais dans Market Street, aujourd'hui, dit Mabel. J'ai déjeuné chez Kresge. C'était absolument délicieux.

Mabel avait vingt-sept ans. Elle était petite ; elle avait la taille épaisse et les chevilles lourdes. Son père possédait une petite épicerie au coin de la rue, et elle l'aidait de temps à autre. Au lycée de filles, elle avait toujours figuré au palmarès des meilleures élèves. Et aujourd'hui, elle portait encore la broche en argent, symbolisant ses mérites scolaires, que le lycée lui avait donnée. Elle poursuivit :

– Et ensuite, je me suis promenée dans Market Street, et vous savez quoi ?

– Quoi ? fit Pauline.

– J'ai vu Tony Martin sortir du Earle.

– Non ! s'écria Agnes.

– Si ! fit Mabel. Je veux bien être pendue si je ne dis pas la vérité. C'était Tony Martin.

– Oui, c'est vrai, dit Pauline. Il est à l'affiche du Earle, cette semaine.

– A quoi ressemble-t-il ? demanda Agnes.

Inspirant profondément, Mabel leva les yeux au ciel et secoua la tête.

– Non, vraiment ? fit Agnes.

– Eh bien, vous pouvez me croire, c'est vraiment quelqu'un, affirma Mabel.

– Tu ne nous fais pas marcher, au moins ? demanda Pauline.

– Ecoute, je ne suis pas aveugle, quand même, s'indigna Mabel.

– Ça alors ! fit Agnes.

– Ses dents... J'aimerais que vous puissiez voir ses dents, poursuivit Mabel.

– Tu étais si près que ça ? s'étonna Agnes.

– Si j'étais près ? Mabel se redressa sur son siège. Elle ouvrait de grands yeux ronds, et sa bouche aussi était grande ouverte. Enfin, j'étais assez près pour le toucher !

– Tu l'as fait ? voulut savoir Pauline.

– Le toucher, tu veux dire ? Mabel se demanda si elle pouvait mentir à ce sujet. A contre-cœur, elle décida que non. Dis donc, pour qui tu me prends, au juste ?

– Au moins, tu lui as demandé un autographe ? fit Pauline.

– Je n'avais ni papier, ni crayon, malheureusement.

– Tony Martin... Ça, alors ! dit Agnes.

– Eh oui, fit Mabel, en secouant la tête d'un air résigné.

Pauline regarda la pendule.

– Je parie que ces salauds ne vont pas venir.

– Ils ne vont pas tarder.

Agnes examina ses ongles.

– J'imagine très bien le genre de types qui va franchir cette porte, fit Mabel.

– Je suis sur les nerfs, dit Pauline. Et si on avait affaire à une bande de voyous ?

– Et alors ? Que veux-tu qu'ils volent ? demanda Agnes. Dans cette maison, il n'y a rien qui mérite d'être embarqué.

– Même pas toi, ajouta Mabel avec un sourire narquois.

– Va te faire voir ! lança Agnes, furieuse.

– Pourquoi est-ce que tu le prends mal ? dit Pauline.

– Elle ne peut pas s'empêcher de faire des réflexions, répondit Agnes d'une voix acide. Pour qui se prend-elle, d'abord ? Elle peut toujours se moquer des autres, mais elle n'a rien d'une Miss Amérique non plus.

– Ne sois pas si susceptible, dit Mabel.

– Tu ferais mieux de te taire, Mabel, fit Pauline.

– Oh, ça va ! Je n'attends pas après tes conseils, dit Mabel.

Elles commencèrent à se disputer. Bientôt, elles se mirent à crier, à se traiter de tous les noms. Elles étaient assises toutes les trois, penchées, en avant pour mieux s'approcher les unes des autres, et elles s'injuriaient de bon cœur.

La quatrième restait à l'écart.

Elle était installée à l'autre bout de la pièce, là où il faisait sombre.

Elle se sentait complètement découragée.

Sa famille était installée dans le quartier depuis moins de deux semaines. Elle habitait dans la même rue qu'Agnes Donahue, quatre numéros plus loin. Son père était chômeur, et il espérait trouver de l'embauche dans une usine de carrosserie automobile. Depuis longtemps, la famille n'avait rien d'autre, pour vivre, que les allocations de la caisse de secours. Le père était un bon ouvrier soudeur, mais dans la petite ville où ils habitaient auparavant, les usines avaient fermé les unes après les autres, et, depuis, la famille dépendait du secours public. Finalement, le père avait réussi à emprunter assez d'argent pour emmener sa femme et ses enfants dans une grande ville.

La fille était assise dans un coin sombre du salon étriqué, et elle pensait à son père. Elle pensait à sa mère que la vie avait usée. Elle pensait à sa jeune sœur et à son petit frère. Lundi matin, elle se lèverait le plus tôt possible, et elle pourrait peut-être trouver quelque chose. Il fallait qu'elle rapporte un peu d'argent à la maison. Elle devait absolument trouver quelque chose. Philadelphie était une grande ville, il devait y avoir du travail pour elle quelque part ; il ne lui restait plus qu'à faire ce qu'il fallait pour en trouver. Mais tout était si nouveau, pour elle. Tout était tellement différent de ce qu'elle avait connu dans sa petite ville.

Trois jours après leur installation dans la petite maison au bout de la rue, elle était sortie devant la porte pour prendre un peu l'air. Toute la matinée, et une bonne partie de l'après-midi, elle avait travaillé dur, pour aider sa mère à nettoyer la maison de fond en comble. Elle était très fatiguée, et elle se tenait devant chez elle, adossée au mur de brique grise, à regarder deux petits gosses qui jouaient sur le trottoir d'en face. Une fille s'était approchée d'elle, l'avait saluée et s'était présentée comme étant Agnes Donahue. Très vite, elle s'était mise à bavarder avec Agnes, puis Agnes lui avait dit que c'était vraiment dommage de ne rien faire du tout un samedi soir, alors qu'elle venait à peine d'emménager, dans une ville inconnue, qui devait lui paraître si grande, comparée à celle d'où elle venait, et tout ça. Et Agnes l'avait invitée à la grande soirée qu'elle organisait pour ce samedi soir. Au début, elle avait hésité. Puis elle s'était dit que le mot de « soirée » était quelque chose de nouveau pour elle. Du moins, cela faisait bien longtemps qu'elle n'était pas allée à une soirée, à une grande soirée comme celle d'Agnes...

Et maintenant, elle restait assise dans son coin, à contempler la grande soirée.

Mabel disait :

– Et moi, au moins, quand j'emprunte quelque chose, je le rends.

Agnes glapit :

– Qu'est-ce que tu veux insinuer par là ?

– Ecoute, ma petite, répondit Mabel, tu as très bien compris ce que je veux dire, alors, prends-le comme tu voudras.

– Tu peux fouiller cette maison, hurla Agnes, de la cave au grenier, et si tu trouves ce fameux fer à friser, je te donne tout ce qu'elle contient.

La fille assise dans le coin sombre du salon étriqué fixait la porte. Elle avait envie de se lever et de partir. Elle voulait rentrer chez elle. Sa mère travaillait sans doute dans la cuisine. Elle devrait peut-être aller l'aider. Mais elle se rappela les propres paroles de sa mère, affirmant que la maison était propre, maintenant, qu'elle devrait penser à autre chose, aller à cette soirée et bien s'amuser. Bien s'amuser à la grande soirée.

Elle avait vingt-trois ans. Ses cheveux étaient d'un blond cendré, presque de la même couleur que ses yeux. Elle avait une peau douce, blanche et propre. Mais ses joues n'avaient aucune couleur.

Elle était pâle. Elle ne portait pratiquement pas de maquillage, si ce n'était un peu de rouge à lèvres, plus orange que rouge. Et elle était vêtue d'une robe orange, qu'elle avait faite elle-même. C'était une robe simple, sans fioritures, d'un orange pâle uni. Elle s'appelait Edna Daly.

Elle restait là, sans rien dire, à contempler la grande soirée.

– Ne dis pas des choses pareilles, Agnes, lança Mabel. Tu sais bien que ce n'est pas vrai.

– Traite-moi de menteuse, pendant que tu y es ! répliqua Agnes.

Edna regarda le tapis déchiré. Elle avait envie de rentrer chez elle.

La sonnette retentit. Agnes se leva et se précipita vers la porte. Pauline se hâta de rectifier sa coiffure. Mabel s'humecta les lèvres du bout de la langue. La porte s'ouvrit. Agnes dit bonsoir. Elle montra le chemin du salon aux quatre jeunes gens qui lui emboîtèrent le pas. Ils entrèrent dans la pièce et se figèrent sur place, examinant les jeunes filles. Celles-ci les examinèrent à leur tour. Personne ne sourit. Puis Dingo dit à Agnes :

– Comment allez-vous ?

– Je vais bien, merci.

– Vous m'en voyez désolé, fit Dingo.

Ses amis s'esclaffèrent. Les filles ne rirent pas. Agnes se rembrunit et commença à s'échauffer. Elle demanda :

– Comment vous appelez ça ? Une remarque spirituelle ?

– Plus ou moins, répondit Dingo.

Agnes détailla Dingo de la tête aux pieds. Une

expression de dégoût se peignit sur son visage. Debout derrière Dingo, ses amis riaient.

– Qu'est-ce qu'il y a de drôle ? dit Mabel.

– Il n'y a rien de drôle, fit Ken. Nous sommes heureux, c'est tout.

– Et on peut savoir ce qui vous rend heureux ? demanda Pauline avec colère.

C'est Dingo qui répondit :

– Nous sommes heureux de nous trouver ici avec toutes ces jolies filles.

– Vous ne vous moquez pas de moi, j'espère ? fit Agnes.

– Je ne me moque jamais de personne, affirma Dingo.

Mabel regarda Pauline. Et Pauline regardait Ken. Elle se leva très vite et fonça tout droit sur Ken. Mabel suivit aussitôt et s'élança vers George. Mais elle se prit les pieds dans un pli du tapis et s'étala de tout son long. Agnes hurla de rire. Mabel se releva lentement, en lançant à Agnes un regard furieux. George l'aida à se remettre sur pieds. Se retournant, elle sourit à George et dit :

– Merci. Comment vous appelez-vous ?

– George.

– Merci, George. Je m'appelle Mabel.

Ils commencèrent les présentations – tous les six. Les deux autres en étaient exclus. Edna contemplait le tapis. Elle voulait rentrer chez elle. Ralph était appuyé contre le mur, près de la porte. Il était resté seul, en retrait, et les filles ne l'avaient pas remarqué. Il ne regardait aucune d'elles.

– Qu'est-ce que vous faites dans la vie ? demanda Pauline.

Elle s'installa sur le canapé. Ken s'assit près d'elle,

sur l'accoudoir, et lui alluma sa cigarette.

– Des chansons, répondit Ken. Je suis compositeur.

– Oh. Vous écrivez des chansons ? fit Pauline.

– C'est ça.

– Mais c'est merveilleux !

– Qu'est-ce que ça a de merveilleux ? demanda Ken.

– D'écrire des chansons, dit Pauline.

Mabel s'assit au centre du canapé. George vint se mettre à côté d'elle. Ils ne disaient rien, ni l'un ni l'autre. Mabel se disait que George avait de très beaux cheveux blonds. George aurait voulu que Mabel se lève pour voir à quoi elle ressemblait une fois debout. Elle paraissait plutôt enveloppée. Cela lui était égal qu'une fille soit un peu boulotte tant qu'elle n'avait pas l'air d'un gros tas. Elle avait la peau douce, en tout cas. Quand il l'avait aidée à se relever, il l'avait prise sous les bras, et il avait trouvé sa peau douce et agréable au toucher. Mais si c'était un gros tas, il ne voulait rien avoir à faire avec elle. Il aurait dû la détailler une bonne fois avant qu'elle n'aille s'asseoir. George tourna la tête pour jeter un nouveau coup d'œil à son visage, mais Mabel le regarda au même moment, et c'est lui qui se déroba.

Agnes s'installa dans un fauteuil, devant lequel vint se planter Dingo. De nouveau, elle l'examina de haut en bas, et son visage continua à exprimer le même dégoût à des degrés divers. Tournant la tête en direction du canapé, elle lança un regard noir à Mabel, qui s'était adjugé le plus séduisant du lot. Cette chose qui se tenait devant elle aurait dû se trouver dans un musée ou dans un zoo.

– Allumez la radio, dit Dingo.

Se penchant sur le côté, Agnes tourna le bouton. Toisant Dingo du regard, elle lui demanda :

– Vous savez danser ?

– Je suis un grand danseur, affirma Dingo.

– J'imagine, fit Agnes.

La radio se mit à débiter une conga. Dingo commença à exécuter sa version personnelle de la conga. George et Ken éclatèrent de rire. Agnes regarda Mabel. Mabel regarda Pauline. Agnes demanda :

– Vous êtes censé danser quoi ?

– C'est la conga, répondit Dingo. Un... deux... trois... on lance la jambe !

Son pied droit fendit l'air, et le bout de sa chaussure passa à cinq centimètres du menton d'Agnes. Rejetant vivement la tête en arrière, la jeune fille faillit renverser une lampe.

– Seigneur ! fit-elle. Epargnez-nous ça...

– Un... deux... trois... on lance la jambe ! répéta Dingo.

Son pied partit de nouveau, et il s'en fallut de deux centimètres qu'il ne casse quelques dents à Agnes.

– Ça suffit ! hurla-t-elle. Arrêtez votre cirque, ou ça va mal tourner !

Mabel demanda à George :

– Qu'est-ce qui lui prend, à votre ami ?

– Il n'est pas méchant, répondit George.

Dingo prit Agnes par le poignet.

– Dansez avec moi, lui dit-il.

– Bon sang, fit Agnes, mais c'est épouvantable.

– Ça pourrait être pire, affirma Dingo.

Il reprit sa version de la conga. Agnes s'arrêta, l'examina des pieds à la tête, puis il lui reprit le poignet et ils se mirent à danser.

– Mon Dieu ! fit Agnes.

Dingo avait les yeux mi-clos. Lorsqu'il dansait avec une fille, il gardait toujours les yeux à demi-fermés. Aussi laide fût-elle, il fermait les yeux à moitié, et il imaginait une beauté ravageuse. Il se laissait emporter par le flot de la musique. Il ne savait plus où il était. Il tenait la fille à peine serrée, tout en douceur, et tout aussi doucement il penchait la tête en avant, jusqu'à ce que ses lèvres effleurent la joue de sa cavalière, juste sous l'oreille...

– Hé ! Mais qu'est-ce qui vous prend ? demanda Agnes en se reculant.

Dingo l'entendit à peine. Les yeux mi-clos, il se laissait aller. La conga était terminée, et l'orchestre jouait un tango. Une musique douce et langoureuse, réhaussée par le crépitement des castagnettes, et Dingo était en Espagne. La douce musique du tango. Un châle d'un vert éclatant sur l'épaule d'une señorita. Philippo Wilkinerino, le grand danseur espagnol, exécutait un tango. Une merveilleuse nuit en Espagne.

George et Ken hurlaient de rire. Mabel commençait à voir ce que la scène avait de comique. Pauline esquissait un demi-sourire. Elle avait plutôt pitié de ce clown.

– Faites attention, bon sang ! fit Agnes. Vous me tordez le bras.

– Dansez le tango, dit Dingo.

– Vous êtes sûr que ça ressemble à un tango, ce que nous faisons ?

– Le tango, murmura Dingo, emporté par la merveilleuse musique.

De nouveau, il pencha la tête, et une seconde fois,

ses lèvres effleurèrent la joue d'Agnes, juste sous l'oreille. Se reculant vivement, elle le dévisagea d'un air perplexe.

– Mais qu'est-ce qu'il a, ce type ? dit-elle.

Ils riaient tous.

Dingo se laissait emporter.

L'éclairage déficient jetait un halo pâle sur le côté gauche de la pièce. Du côté droit, il faisait sombre. Debout dans l'ombre, Ralph était toujours appuyé contre le mur. Il regardait le plancher. Il parvint à distinguer un vague motif, dans le tapis, qui serpentait dans une masse d'un vert indistinct, se glissait et se contorsionnait pour traverser des boucles d'un gris passé, et continuait son chemin, vers la droite, dans les poils du tapis déchiré. Le motif s'arrêtait là, à l'endroit où se trouvait un fauteuil. Un fauteuil et une paire de jambes. Une fille. Ralph regarda ses jambes. Sa chaussure gauche était déchirée. Son bas était visible à travers la fente aux bords irréguliers qui trouait le noir mat du cuir. Ralph ne pouvait détacher son regard de cette chaussure déchirée. Se laissant glisser un peu plus bas contre le mur, il contempla le trou dans la chaussure, le trou dans le tapis. De nouveau, son œil suivit le motif passé, qui serpentait à travers la masse confuse de vert et de gris. Plus loin, il y avait de la musique, du bruit, des cabrioles en tous sens. Beaucoup de rires. Il n'avait pas envie d'y voir de plus près. Il était complètement déprimé. Il regarda de nouveau la chaussure déchirée. Tournant la tête, il suivit les contours du bas jusqu'à l'orange de la robe, terne dans la pénombre, puis remontant l'orange de la robe dans la demi-obscurité vague et sans couleurs, il parvint à une tache blanche, le visage de la fille assise dans le fauteuil. Se tournant à demi, Ralph fixa ce visage. Il n'y avait plus rien dans son esprit, maintenant, à part le portrait, lentement dévoilé, qu'il devinait peu à peu. Il découvrit les cheveux vaguement blonds, sans éclat, encadrant le visage sans couleur, les yeux quelconques d'une teinte semblable à celle des cheveux, le nez droit, ordinaire, les lèvres banales qui semblaient être orange, comme l'orange de la robe, et la pâleur du teint. Et les yeux, les yeux jaunes qu'il voyait si bien, maintenant, car le visage se tournait vers lui et la fille le dévisageait à son tour. Ralph regardait la fille, et la fille le regardait, et même s'il faisait très sombre dans cette partie de la pièce, on aurait dit qu'il y brillait une lumière plus vive qu'aucune lampe ne pourrait jamais en donner, et Ralph plongeait son regard dans ces yeux jaunes, et il savait que la fille le regardait droit dans les yeux, elle aussi. Ils ne souriaient ni l'un ni l'autre. Ralph ne se rendait pas compte qu'il ne souriait pas. Il n'était pas conscient des secondes qui s'écoulaient tandis qu'il la regardait. Longeant le mur, il s'approcha, et il se retrouva à côté du fauteuil, le regard posé sur elle. Elle levait les yeux vers lui. Il comprit qu'il la contemplait ainsi depuis longtemps. Il se demanda depuis combien de temps.

Il se rendait compte qu'il devait lui dire quelque chose, et il ne savait pas quoi. Puis il entendit une voix. Une voix douce, basse, assez vague.

– Qui êtes-vous ? demanda-t-elle.

– Je m'appelle Ralph Creel.

– Et moi, Edna Daly.

Ils échangèrent un regard.

Puis, Ralph détourna la tête. Il n'avait plus envie

de la regarder, maintenant. Il avait peur de la regarder.

Traversant la pièce, il vint se placer dans le halo de lumière, le pâle halo jaune de la lampe, près du canapé. Au centre de la pièce, George dansait avec Mabel, et Dingo avec Agnes. Un orchestre de danse jouait « Five O'Clock Whistle ». Les deux couples se trémoussaient au milieu du salon. Sur le canapé, Ken se livrait à des considérations sur l'existence, et Pauline riait. La musique crépitait dans la pièce bondée.

Tournant la tête, son regard traversant la tache de lumière, les danseurs bondissants, et les ombres vacillantes renvoyées par les murs et le plafond lézardé, Ralph retrouva la pénombre de l'autre bout de la pièce. Et, dans l'obscurité, il la vit de nouveau, elle, et sa robe orange, son visage, ses yeux jaunes fixés sur lui. Passant dans la pièce voisine, il empoigna son manteau, son chapeau, et se dirigea vers la porte.

– Où allez-vous ? demanda l'une des filles.

George toucha le bras de Ralph et dit :

– Où vas-tu ?

Ralph enfilait son manteau en s'approchant de la porte.

– Je vais chercher un paquet de cigarettes, répondit-il.

– Vos amis en ont, dit Agnes.

Ralph regarda George, et George ajouta très vite :

– Il fume une marque spéciale. Il revient tout de suite.

George et Ken échangèrent un regard, puis ils regardèrent la fille assise toute seule dans le noir.

La porte s'ouvrit, laissant une bouffée d'air glacé

s'engouffrer dans la pièce, puis se referma en claquant.

7

C'était dimanche. Il faisait gris et froid. Les rues étaient couvertes de neige fondue. Aux fenêtres des maisons, la glace se liquéfiait et glissait lentement le long des vitres.

Il faisait froid dans la chambre.

Ouvrant les yeux, Ralph regarda la fenêtre. Il vit le ciel gris et froid, et la glace fondue qui glissait sur les carreaux. Il enfouit sa tête dans son oreiller et se retourna. Il était fatigué. Il avait froid. Ses doigts de pied étaient gelés. Jetant un coup d'œil par-dessus la couette, il s'aperçut que ses pieds dépassaient. Il les rentra sous la couette, bâilla, et se retourna de nouveau. Il se demanda quelle heure il était. Il avait besoin d'aller pisser, mais il n'avait pas envie de sortir de son lit. Il faisait trop froid. Il était trop fatigué. Mais son besoin était pressant. Ralph poussa quelques jurons, puis compta jusqu'à cinq, en ce disant qu'à « cinq » il bondirait du lit, pour courir jusqu'aux toilettes, et qu'il se retrouverait couché avant d'être complètement réveillé. Mais à cinq, il n'eut pas le courage de se lever. Il essaya encore, en comptant jusqu'à trois, cette fois. De nouveau, il resta au lit. A sa troisième tentative, il compta jusqu'à quinze ; et enfin, il sauta du lit, fonça jusqu'aux toilettes, revint en courant, et plongea dans son lit. Il se terra sous sa couette, bien décidé à rester couché toute la journée. Il se demanda pourquoi il était si fatigué, et quelle heure il pouvait bien être. Il se souvint qu'il avait mal dormi. Il avait rêvé. Mais de quoi ? Pourquoi cette couette n'était-elle pas plus chaude ? Une couette, ça doit être douillet et confortable. Cette chambre était une vraie glacière. De nouveau, il jeta un coup d'œil par-dessus la couette, et il s'aperçut que la fenêtre était ouverte. Elle aurait dû être fermée, pourtant. Pas étonnant qu'il fasse si froid. Elle était grande ouverte. Il allait devoir la refermer. Combien de temps lui faudrait-il pour sauter du lit, fermer la fenêtre, se recoucher et se rendormir ? Ralph compta jusqu'à cinq. Rien à faire. Il compta jusqu'à quinze. Puis il se dit que, fenêtre ouverte ou pas, il n'était pas question qu'il ressorte du lit. Se retournant, il s'enveloppa dans cette couette.

La porte s'ouvrit, et Ralph entendit la voix d'Evvie :

– Debout !

– Sors de cette chambre ! ordonna Ralph.

– Il est déjà une heure de l'après-midi. Debout !

– Fous le camp d'ici, dit Ralph.

– Il faut qu'on fasse les chambres, Addie et moi. On aide M'man. On n'a pas envie de t'attendre. On veut faire le ménage ici, le plus vite possible. Sors du lit tout de suite, ou je vais chercher de l'eau froide.

– Si tu m'arroses avec de l'eau froide, je te promets que je te casse la tête.

Depuis le couloir leur parvint la voix stridente d'Addie :

– J'apporte l'eau froide, Evvie ?

– Je vais vous tuer ! Je vous jure que je vais vous tuer, toutes les deux !

Enfonçant sa tête dans l'oreiller, Ralph serra la couette autour de lui et poussa quelques grognements.

Addie entra dans la chambre avec un verre d'eau froide. Evvie le lui prit des mains et s'approcha du lit. Puis, plongeant les doigts dans l'eau, elle en aspergea la tête de Ralph. Il s'ébroua en grognant :

– Nom de Dieu de nom de Dieu !

– Debout !

Evvie l'aspergea de nouveau.

– Sors de ton lit, feignant ! dit-elle.

Ralph se recroquevilla sous l'attaque. Evvie lui expédia une nouvelle giclée d'eau froide. Rejetant la couette, Ralph bondit du lit.

– Maintenant, fit-il, je vais vous casser le cou, à toutes les deux.

Son pantalon de pyjama commença à glisser. Ralph le remonta, serra la cordelette, et brandit le poing vers ses deux sœurs.

– Si tu lèves la main sur moi, annonça Evvie, tu le regretteras toute ta vie.

– Foutez-moi le camp d'ici, dit Ralph.

– Dépêche toi de t'habiller, fit Addie. On veut finir les chambres.

Les deux sœurs sortirent de la pièce. Ralph s'habilla lentement. Il se regarda dans le miroir. Il avait l'air crevé. Du bout des doigts, il caressa la flanelle usée de son costume. La douceur veloutée du tissu avait disparu, et maintenant, on aurait dit du coton. Regardant par la fenêtre, Ralph contempla le ciel gris et froid, la rue couverte de neige fondue.

Au rez-de-chaussée, il se prépara un grand verre de jus d'orange en guise de petit-déjeuner. Il fuma une cigarette. Sa mère était à la cave, à faire des rangements. Son père, installé dans le salon, lisait le journal du dimanche. Ralph lui demanda les pages sportives. Il lut le compte-rendu d'un combat de boxe, catégorie « lourds », qui avait eu lieu quelque part sur la côte. Reposant les pages de journal, il fuma une autre cigarette. Puis il mit son chapeau, son pardessus, et sortit de la maison.

Il alla jusque chez Ken, un pâté de maisons plus loin.

Ken était seul chez lui. Il était presque toujours seul chez lui. Ses parents étaient constamment en visite chez leurs enfants. Ken avait deux frères et deux sœurs. Ils étaient tous mariés et ils habitaient des maisons ou des appartements de location. Les parents passaient leur temps à aller voir les uns ou les autres, et Ken restait presque toujours seul chez lui. Il ne s'entendait pas avec ses parents. Il ne s'entendait pas non plus avec ses frères et ses sœurs. Seul chez lui, il était installé dans un salon exigu, devant un piano délabré, sur lequel étaient posées des feuilles vierges de papier à musique. Il tenait un crayon dans la main droite, et une cigarette pendait à ses lèvres. Sur le piano, des mégots emplissaient un cendrier en verre.

La porte était ouverte. Elle était toujours ouverte. Ralph entra. Ken lui jeta un coup d'œil, puis il revint à sa feuille de musique, et il égrena quelques notes de plus. Puis, pivotant sur son tabouret, il demanda :

– Qu'est-ce qui t'est arrivé, hier soir ?

– Comment ça ?

– Tu es rentré chez toi ?
– Oui, fit Ralph.
– Qu'est-ce qu'il y avait ?
– J'avais besoin d'un paquet de cigarettes, répondit Ralph.
– L'autre fille est partie quelques minutes plus tard, dit Ken. Et après ça, la soirée a commencé un peu à dégénérer.
– Dingo ?
Ken hocha la tête.
– Qu'est-ce qu'il a fait ?
– Tout ce que tu peux imaginer, répondit Ken. Mais le bouquet, c'est quand il a dit qu'il allait à la cuisine, pour boire un verre d'eau. Il y est allé, et on l'a entendu farfouiller un moment là-dedans, et d'un seul coup, il y a eu un barouf incroyable. Franchement, j'ai cru qu'il était mort. On fonce tous à la cuisine, et on voit notre Dingo par terre, et puis une chaise renversée, et Dingo se tient la tête enveloppée dans une serviette, la serviette est toute rouge, et sa tête pisse le sang.
– Du sang ? fit Ralph.
Ken se mit à rire.
– C'est ce qu'on a cru. Mais, en fait, c'était du ketchup. Il s'était complètement arrosé de Ketchup, puis il avait lancé la chaise en l'air. Elle était retombée en faisant un bruit épouvantable, et on a cru qu'il était tombé et qu'il s'était fendu le crâne. J'aurais voulu que tu le voies. Les filles étaient mortes de peur.
– Pauvre Dingo.
– Mabel s'est évanouie.
– Sans blague ?
– Je te jure ! Aussi sec, elle est tombée dans les

pommes. Complètement K.O., sur le tapis, et ce n'était pas pour rire. A ce moment-là, Agnes voit la bouteille de ketchup sur l'évier, elle comprend que Dingo les mène en bateau, et qu'est-ce qu'elle fait ? Elle empoigne la bouteille et elle commence à glapir. Elle montre Mabel du doigt, elle hurle que Mabel est morte, et alors... (hoquetant de rire, Ken se plia en deux)... elle flanque un grand coup sur la tête de Dingo avec la bouteille.

– Qu'est-ce que ça a de drôle ? demanda Ralph. Elle lui a fait mal ?

– Elle lui a ouvert le crâne ! s'étrangla Ken, avant de tomber par terre, écroulé de rire.

– Je ne vois vraiment pas ce que ça peut avoir de comique, déclara Ralph. Vous l'avez emmené à l'hôpital ?

– Attends un peu. Attends que je te raconte la suite. Dingo saigne. Ce n'est pas une grosse coupure. Mais le crâne est à vif. Il s'écroule par terre, et cette fois, Agnes croit qu'elle l'a vraiment tué ou je ne sais quoi. Franchement, ça tournait à l'émeute. En pleine pagaille, avec Agnes qui hurlait comme une dingue, et George et moi en train de mettre de la glace sur la tête de Dingo, qui est-ce qui rapplique dans la maison ? La mère d'Agnes, avec un plein wagon de moutards. Après ça, il n'y avait plus qu'à tirer le rideau.

– Où est Dingo, maintenant ?

– Oh, il est chez lui. Il va bien. Ce gars-là, il résiste à tout. Tu aurais dû le voir, dans le métro, au retour. Il a fait un discours, dans le wagon. Il a raconté à tout le monde qu'il s'était blessé à la tête en sauvant la vie du maire, qui allait être écrasé par un camion fou près de l'Hôtel de Ville. J'aurais voulu que tu l'entendes. Finalement, on l'a ramené chez lui, et George a passé la nuit là-bas.

– Allons-y, fit Ralph.

– D'accord, mais attends une minute. Je veux seulement terminer ça ; j'ai une idée qui me trotte dans la tête.

Faisant pivoter son tabouret, Ken alluma une autre cigarette et se pencha sur la feuille de papier qu'il venait de noircir. Il égrena quelques notes de plus, puis il secoua la tête et reposa son crayon. Bouche fermée, il fredonna un bout de mélodie, puis il plaqua quelques accords et commença à jouer sa chanson.

– Qu'est-ce que c'est que ça ? demanda Ralph.

– Juste une idée, murmura Ken. Il plaqua quelques accords de plus, et martela les premières mesures de la chanson. Il va falloir que je la développe.

– Ça m'a l'air bizarre.

– Pourquoi ? Ça n'a rien de bizarre, protesta Ken en prenant la mouche.

– Ne te mets pas en rogne, dit Ralph. C'est simplement l'impression que ça me fait.

– Ecoute-moi ça, dit Ken.

Il continua de jouer sa chanson. A mi-chemin, il s'arrêta et revint au début. De nouveau, il pivota sur son tabouret. Et, à voix basse, il répéta :

– Ecoute... Je veux que tu écoutes ça. Je veux que tu me dises exactement ce que tu ressens en l'entendant. Ne pense à rien d'autre, et écoute bien.

Ken martela les accords de l'introduction, puis la mélodie commença, lentement, et il la débita laborieusement. Debout près du piano, Ralph contemplait le plancher. La musique rampait dans la pièce. Elle dévalait la pente d'une colline sonore, puis elle l'escaladait de nouveau, lentement, et quand elle atteignait le sommet, elle recommençait à glisser. Et la chute continuait ; la musique essayait de trouver prise, mais elle glissait quand même, pour descendre de plus en plus bas, et finir par se fracasser au pied de la pente, s'étaler et mourir.

Ken, assis sur son tabouret, laissa ses bras pendre mollement dans le vide.

Ralph regardait toujours le plancher.

– J'ai trouvé quelque chose, là, dit Ken. Je suis sûr que je tiens quelque chose. C'est juste une idée de départ, mais je vais la développer. (Il se parlait à lui même. Relevant la tête, il demanda :) Alors ?

– Je vais réfléchir aux paroles.

– Les paroles n'ont pas d'importance. Tu pourras les écrire quand j'aurai fini de travailler sur la mélodie. Je tiens quelque chose, là. Je le sens. A cette époque de l'année, tous les types importants sont en Floride. Je vais emporter toutes ces chansons avec moi, pour les faire entendre aux gens qui comptent vraiment dans le métier. C'est la seule façon d'arriver à quelque chose. Si tu veux percer, il faut connaître quelqu'un. Pour être introduit dans ce milieu. A quoi ça sert de se raconter des histoires ? Même si on est très doué, sans relations on n'a aucune chance. Je vais finir cette chanson, et puis je vais descendre en Floride, et je vais m'introduire auprès des grosses légumes.

Ken marmonnait, maintenant. Il fit tourner son tabouret, et ses longs doigts frappèrent les touches de nouveau. Et il recommença à jouer sa chanson, doucement, cette fois, et sa voix se mit à serpenter entre les notes qui montaient, montaient, puis lâchaient prise et dévalaient la pente, glissant toujours plus bas. La voix de Ken dérapait, elle aussi, suivant la mélodie dans sa chute.

– Quand j'étais gosse, reprit Ken, ma mère s'imaginait que je serais un grand pianiste un jour. Je me rappelle, quand j'avais neuf ans, j'ai commencé à prendre des leçons. Le prof lui a dit que j'étais très doué, et elle sortait ses soixante-quinze cents par semaine pour que j'apprenne le piano. La musique, qui glissait toujours, essayait de se raccrocher à quelque chose, mais il n'y avait rien à faire. Ça me plaisait. Au début. Je pouvais rester au piano pendant des heures. Mais je n'aimais pas faire des exercices. Au bout d'un moment, je regardais plus les notes. Je suivais mes idées à moi, et c'est comme ça que je jouais. C'en est arrivé à un tel point que je n'ai plus eu envie de continuer à prendre des leçons, ni de regarder les notes. Je voulais suivre mes propres idées. Je me suis mis à écrire des chansons. J'en ai écrit plein. Puis je les ai toutes déchirées. Elles ne valaient rien. Si je fais quelque chose, je veux que ce soit bon. Si ce n'est pas bon, je le déchire. Je ne veux pas écrire des chansons qui ne soient pas vraiment bonnes. Celle-là, je sais qu'elle est bonne. Ken martela les touches, et sa voix s'éleva. Puis l'accord suivant fut plus doux, sa voix baissa avec l'accord, se mit à déraper, et il poursuivit : Mais à quoi bon ? Même si elle est valable, je sais que je devrais grenouiller pour faire mon trou. Et même si j'y arrive, qu'est-ce qui va se passer ? Rien. A quoi bon ? Tu fais quelque chose de bien, tu te crèves pour que ce soit le mieux possible, et puis tu es obligé de bluffer pour qu'on t'écoute, pour arriver à t'introduire auprès des grosses légumes. Et même après ça, qu'est-ce qui t'arrive ? Qu'est-ce que tu deviens ? Tu as sorti quelque chose de toi-même, tu l'as sorti de tes tripes, tu le mets dans une chanson, tu en baves pour que ce soit impeccable, au maximum de tes possibilités, et quand tu as réussi à leur faire écouter ta chanson, à force de leur lécher les bottes, tu vas peut-être gagner une poignée de cerises. Et encore, si tu as beaucoup de chance.

D'un index las, Ken égrena un arpège, et la chanson se termina.

Il resta assis, sans bouger, à contempler le clavier.

– Tu vas continuer à travailler dessus ? demanda Ralph.

– Bien sûr. Je vais y travailler jusqu'à ce que j'obtienne exactement ce que je veux. Et après, tu pourras te mettre à écrire les paroles.

Ils sortirent de la maison, dans le gris et le froid. Il pleuvait de nouveau, et la pluie tournait à la neige. La rue était couverte de neige fondue. Des gouttes d'eau et des paquets de neige à demi-liquéfiée tombaient des branches des arbres.

Ils arrivèrent chez Dingo. La porte d'entrée était ouverte. La lumière brillait dans la salle à manger. Ils entendirent le rire de George. Ils entrèrent dans la salle à manger. Dingo était au téléphone. Un morceau de sparadrap lui barrait le front. Penché au-dessus de la table du téléphone, il était complètement absorbé par sa conversation.

Du premier étage, leur parvinrent des éclats de voix féminines.

– Qu'est-ce qu'il y a ? demanda Ralph.

– La mère de Dingo et sa belle-sœur sont en train de se disputer, expliqua George. Ça dure depuis ce matin.

Dingo s'éloigna du téléphone. A l'autre bout de la ligne crépitait une voix de femme. Dingo sourit à Ralph et lui montra le bout de sparadrap qu'il avait au front. Puis il tourna la tête et dit devant l'appareil :

– Vous voulez dire que vous ne pouvez pas arranger ça pour ce soir ?

Il écouta attentivement la réponse, puis il raccrocha brutalement l'appareil.

– Qu'est-ce qu'elle a dit ? demanda George.

– Elle ne peut pas arranger ça pour ce soir.

– Pourquoi tu as raccroché si vite ? fit Ken.

Dingo haussa les épaules.

– Je n'avais rien d'autre à ajouter.

– Enfin, tu aurais au moins pu dire au-revoir ! fit Ralph. Dingo empoigna l'annuaire téléphonique et se mit à le feuilleter.

– Dire au-revoir est une perte de temps. Je rappellerai ce numéro mardi soir. Oui, c'est ce que je vais faire. Elle organisera une soirée pour nous samedi prochain. Je vais en mettre une autre sur pied pour mardi. Et une pour ce soir. J'essaye seulement de retrouver ce numéro dans le quartier sud. J'ai un rendez-vous pour demain soir. J'en ai un autre pour mercredi soir, et je vais peut-être en décrocher un pour mardi. Ce qui me laisse libre vendredi. Pour vendredi, je suis ouvert à toutes les suggestions.

George fit remarquer :

– Il a des rendez-vous pour tous les soirs de la semaine. Il se tourna vers Dingo. Tu dois être plein aux as pour avoir des rendez-vous tous les soirs. Fais voir ton magot.

Dingo plongea la main dans sa poche et en sortit trente-sept cents. Ils sourirent tous.

– Avec ça je m'en sortira, affirma Dingo. Bien sûr, si mes finances ne tiennent pas le choc, je serai obligé d'annuler mes rendez-vous. Mais cette petite monnaie me suffira. Je n'aurai que le métro à payer, et à l'aller seulement.

– Et pour le retour ? demanda Ken. Comment tu feras ?

– Je demanderai à la fille de me prêter l'argent. Je suis un type honnête.

Les trois copains s'esclaffèrent.

Dingo tourna les pages de l'annuaire.

Au premier étage, les cris augmentèrent d'intensité.

– Ecoutez-les, fit George.

Ken rit.

– Pourquoi elles se disputent, cette fois-ci ?

Dingo feuilletait toujours l'annuaire.

– Je n'en sais rien, répondit-il. Je ne sais jamais pourquoi elles se disputent.

– Allons dans le salon, proposa Ken. On entendra mieux.

George et Ken passèrent dans l'autre pièce.

Ralph resta assis près de la table, à regarder Dingo tourner les pages de l'annuaire. Dingo avait du mal à retrouver son numéro de téléphone. Du bout des doigts, il passa de nouveaux noms en revue.

– Cet annuaire est très mal conçu, déclara-t-il. Il n'y a pas le moindre système, derrière tout ça. On devrait toujours adopter un système, quand on fait quelque chose. C'est comme ça que je travaille, quand j'installe une chaudière à mazout. Je travaille selon un système bien précis, comme un ingénieur, en fait. Voilà ce que je suis vraiment. Je suis un ingénieur-système. Ne me prenez pas pour un simple installateur de chauffage central. Je suis ingénieur-système. Se concentrant intensément sur l'annuaire, Dingo parcourait la liste de haut en bas, et il tournait de nouvelles pages en répétant : l'ennui, avec cet annuaire, c'est qu'il est dépourvu de système. Je sais de quoi je parle, puisque je suis ingénieur-système. Qu'est-ce que ça veut dire ? je vais appeler cette compagnie téléphonique, et leur apprendre à faire un annuaire qui repose sur un véritable système.

Au premier étage, la mère de Dingo lança :

– Espèce de saleté de grosse vache pourrie. Espèce de sale feignasse.

– Vous savez ce que vous pouvez faire, dit Lenore.

– Oui, je sais ce que je peux faire, répondit la vieille femme. Et je sais très bien ce que tu aimerais que je fasse. Tu voudrais me voir crever. Ici et tout de suite.

– Vous comprenez vite, ma chère belle-mère, dit Lénore.

– Ne t'inquiète pas, je vais bientôt crever. Pour que tu sois contente. Ça ne va plus tarder. Je vais me ratatiner comme un vieux pruneau, et on me mettra dans un cercueil. On clouera le couvercle et on me mettra au fond d'un trou. Tout au fond, dans la boue, avec les asticots. Je suis sûre que ça te fera plaisir.

– J'en serai ravie, dit Lenore.

– Avec les asticots, dans la boue, reprit Mrs Wilkin. Tout au fond du trou. Mais j'en sortirai. Je reviendrai. Je reviendrai et j'entrerai dans ta chambre, la nuit. Je m'approcherai de ton lit, je me pencherai sur toi, les mains en avant, et...

– Ne me regardez pas comme ça, bon sang ! Vieille sorcière ! Oui, voilà ce que vous êtes ! Une sorcière !

Un objet se fracassa contre le mur. George et Ken se précipitèrent au premier, et s'engouffrèrent dans le couloir pour atteindre la chambre du devant. Mrs Wilkin et Lenore se battaient à même le sol. Mrs Wilkin avait le dessus. D'une main elle serrait la gorge de Lenore, et son poing libre martelait le visage de la blonde. Lenore hurlait. Elle essayait de soulever un de ses genoux pour frapper Mrs Wilkin au bas-ventre. Et, le bras tendu, toutes griffes dehors, elle lacérait le visage de son adversaire. Les débris d'un vase jonchaient le plancher. George et Ken s'élancèrent dans la pièce pour séparer les combattantes. Au moment précis où ils éloignaient Mrs Wilkin de Lenore, la jambe gauche de la blonde se détendit brusquement, frappant la vieille femme en pleine poitrine. Mrs Wilkin, asphyxiée, émit une sorte de gargouillis et s'affaissa entre les bras de George. Ken immobilisait Lenore, qui tentait de lui échapper pour assaillir de nouveau sa belle-mère. Il fut obligé de la saisir par la taille et de la tenir à bras-le-corps, tandis qu'elle se tortillait, se contorsionnait, écumant de rage, poussant des hurlements et des bordées de jurons. Tout à coup, elle baissa la tête et mordit Ken au poignet. Laissant échapper un cri, Ken retira vivement sa main. Lenore se libéra et s'élança vers Mrs Wilkin qui s'écroula entre les bras de Ken.

– Retiens-la ! cria Ken.

Saisissant Lenore par son épaisse chevelure, George la tira violemment en arrière. Avec un hurlement de rage, la blonde fit volte-face, lui lança un coup de pied et tenta de le griffer au visage.

– Je ne vous conseille pas de faire ça, prévint George.

Avec un nouveau cri de fureur, Lenore se jeta sur George, toutes griffes dehors. L'un de ses ongles déchira la joue de George. Reculant d'un pas, il porta la main à son visage, et l'en retira couverte de sang. Tandis que George, surpris, regardait le sang qui lui tachait les doigts, Lenore revint à l'attaque, prête à griffer de nouveau. George ferma le poing et l'expédia tout droit contre la mâchoire de Lenore, qui, sous la violence du choc, fut projetée en arrière, bascula sur une chaise, et atterrit sur le dos. Les jambes en l'air, la robe retroussée, la blonde tenta de se relever, mais retomba aussitôt. Finalement, elle s'affala de tout son long, roula sur elle-même et, à plat ventre, se mit à sangloter.

Le visage de George exprimait sa stupéfaction.

– Je ne voulais pas la frapper, dit-il.

Mrs Wilkin, toujours soutenue par Ken, regarda Lenore avec un sourire satisfait.

– Il faut aider Mrs Wilkin, fit Ken.

– Je n'ai rien, affirma la vieille femme.

George la regarda.

– Vous en êtes sûre ?

– Non, je n'ai rien. Vous pouvez redescendre, maintenant. Ne vous inquiétez pas pour moi.

Mrs Wilkin porta les mains à la poitrine, et la douleur lui ravagea les traits. Elle alla jusqu'à la porte, et avant de sortir, se retourna. Une nouvelle fois, elle regarda Lenore et sourit. Par terre, la blonde sanglotait toujours. Sortant de la pièce, la vieille femme s'éloigna dans le couloir, et gagna sa propre chambre. Elle referma la porte derrière elle.

George et Ken échangèrent un regard.

– Bon sang, quelle histoire ! fit George.

Ils se dirigèrent vers le palier pour redescendre. Dans la chambre du devant, Lenore ne pleurait plus. Elle s'était relevée, et maintenant, debout devant la coiffeuse, elle arrangeait ses cheveux. George et Ken la regardèrent un moment. Puis ils entendirent des sons étouffés, qui provenaient de la chambre de la vieille femme. Des gémissements.

– On devrait peut-être appeler un docteur, chuchota Ken.

– Non, fit George. Elle n'a pas mal. Ecoute.

Ce n'était pas la douleur qui faisait geindre Mrs Wilkin, mais le désespoir. Le regard fixé sur la porte close, Ken et George écoutèrent un moment la vieille femme se lamenter, puis ils se détournèrent et descendirent lentement l'escalier. Ils s'installèrent dans le salon. Ken sortit un paquet de cigarettes. Ils fumèrent en silence, contemplant le mur qui leur faisait face, de l'autre côté de la pièce.

La porte de la salle à manger était fermée. Dingo s'était isolé, pour ne pas être dérangé par le remue-ménage du premier étage.

Ralph entendait à peine le bruit. Appuyé contre la table, il regardait par la fenêtre. De l'autre côté de la ruelle, il voyait des flaques d'eau grise sur les vérandas des maisons d'en face, et au-dessus des toits, le gris du ciel.

Du bout des doigts, Dingo parcourait la liste des abonnés.

– Ce qui manque à cet annuaire, déclara-t-il,

c'est un véritable système.

Se retournant, il jeta un coup d'œil à Ralph. Puis il regarda l'annuaire qu'il venait de refermer. Il commença à l'ouvrir. Le referma de nouveau. Fixant Ralph, il demanda :

– Tu veux son adresse ?

– Quoi ?

– Son adresse... tu la veux ?

– Quelle adresse ? De qui tu parles ?

– La fille.

– Quelle fille ? dit Ralph.

– Celle de l'autre soir, précisa Dingo. Je me suis aperçu que tu la regardais. Et elle te regardait aussi. J'ai pensé que tu voudrais peut-être son adresse. J'ai demandé à Agnes. Elle m'a dit que cette fille habitait la même rue qu'elle, sept numéros plus loin.

Ralph regarda Dingo, dont les yeux n'exprimaient rien. Pendant quelques instants, Ralph ne dit pas un mot. Puis il marmonna :

– Qu'est-ce qui t'a fait croire que je voudrais connaître son adresse ?

– Je n'en sais rien.

Une fois de plus Dingo empoigna l'annuaire téléphonique, dont il commença à tourner les pages. S'humectant l'index sur le bout de la langue, il parcourut la liste de noms, et déclara :

– Le problème, avec ces annuaires, c'est qu'ils sont totalement dépourvus de système.

8

Dans sa chambre, au premier, Ralph contemplait une feuille de papier, couverte de mots griffonnés dont certains étaient biffés.

Il fredonna la mélodie, et les paroles se mirent en place, coulant avec aisance. C'était bien les mots qu'il fallait. Aucun autre texte n'aurait pu convenir à cette musique. Pliant la feuille, Ralph la mit dans sa poche et descendit au rez-de-chaussée.

– Ce Mayhew, disait Evvie. Il se croit vraiment malin. Tiens, aujourd'hui... tu sais ce qu'il a fait ?

Mr. Creel tenta de se replonger dans son journal.

– Tu n'arrêtes pas de parler de ce fameux Mayhew, fit observer Ralph.

– Occupe-toi de tes oignons.

– Comme tu voudras.

– Toi, de toute façon, tu n'as pas droit à la parole sur qui que ce soit ni quoi que ce soit.

– Ce n'est pas mon avis.

– En tout cas, c'est le mien. Garde tes idées pour toi. Moi, si j'étais un fainéant et un bon à rien, je ne me permettrais pas de critiquer les autres, au moins. Tu ne connais pas Mayhew. Tu ne sais pas ce que je suis obligée de supporter. Je travaille comme une esclave. Mais ce n'est pas la peine de te parler de travail ? Tu ne sais pas ce que ça veut dire. Tu n'es qu'un sale fainéant, un traîne-savate, un pauvre minable.

Mr. Creel reposa son journal.

– Voyons, Evvie, ce n'est pas vrai.

– Si, c'est vrai, insista Evvie. Il faut bien qu'il y ait quelqu'un, dans cette famille, qui lui dise ses quatre vérités, à ce tire-au-flanc. Il serait grand temps qu'il rapporte un peu d'argent à la maison.

– Allons, Evvie, dit Mr. Creel, ça suffit, maintenant.

– Laisse-la parler, P'pa, fit Ralph. Ça ne me touche pas.

Surgissant de la cuisine, Addie demanda :

– Qu'est-ce que c'est que ce raffut ?

– Toi, la potache, monte au premier et va faire tes devoirs.

– Et toi, tu sais ce que tu peux faire ? hurla Adeline.

– Je vous en prie, je vous en prie, dit Mr. Creel.

Se tournant vers Ralph, Evvie reprit :

– Tu devrais avoir honte de toi, fainéant.

– Fous-lui la paix, grande gueule, lança Addie.

Ralph se pencha en avant, par-dessus le rebord du canapé, et tendit le bras pour prendre les pages sportives du journal.

Quittant la cuisine, Mrs Creel entra dans la pièce, en s'essuyant les mains sur son tablier.

– M'man, dit Evvie, tu ne penses pas que cette espèce de bon-à-rien devrait se remuer un peu pour trouver du travail ?

– Arrête ça, Evvie, fit Mr. Creel.

– Non, je n'arrêterai pas ! déclara Evvie. J'en ai plus qu'assez de trimer comme une esclave dans le sous-sol d'un grand magasin.

– Enfin, voyons ! dit Mr. Creel.

– Si seulement c'était un homme, il se mettrait en quatre pour trouver du boulot, reprit Evvie, examinant Ralph de la tête aux pieds avec une grimace de dégoût.

– Il a essayé, plaida Mr. Creel. On ne trouve

rien, en ce moment, c'est tout. Laisse-le tranquille avec ça.

Ralph lisait un article sur un nouveau poids léger de Wilkes-Barre, qui allait livrer un combat au Cambria dans quelques jours.

– En tout cas, reprit Evvie, s'il ne trouve pas de travail, il pourrait quand même faire quelque chose. S'engager dans la marine, par exemple.

– Oh, mon Dieu, non ! s'exclama Mrs Creel.

– Qu'est-ce que tu reproches à la marine ? demanda Evvie.

– Rien, mais...

Mrs Creel ne put finir sa phrase. La gorge nouée, elle s'approcha de son fils, et lui passa la main dans les cheveux. Ralph continua de lire l'article sur le poids léger de Wilkes-Barre. Pour le taquiner, Mrs Creel lui donna une petite tape sur la tête, puis elle lui passa une nouvelle fois la main dans les cheveux.

– Je l'imagine dans la marine, celui-là... Je crois que ça le tuerait. N'est-ce pas, Ralph ?

D'après le journaliste, le poids léger de Wilkes-Barre avait un très bon jeu de jambes. Plongé dans sa lecture, Ralph hocha la tête.

– Ça ne lui ferait pas de mal, dit Evvie.

Le boxeur avait remporté onze victoires d'affilée, dont neuf par K.O.

Addie monta au premier pour faire ses devoirs.

Mr. Creel lut le compte rendu d'une descente de police dans un bar d'Arch Street.

Evvie examina ses ongles, et fit la grimace en remarquant que sur l'un d'eux, le vernis était écaillé. Elle en avait trop mis.

De nouveau, Mrs Creel donna une petite tape à

Ralph, puis elle retourna dans la cuisine.

S'emparant d'un magazine de cinéma, Evvie monta au premier s'enfermer dans la salle de bains.

Ralph commença à relire l'article sur le poids léger de Wilkes-Barre. Ce type était vraiment doué. Il était très rapide, et même s'il avait l'habitude d'avertir son adversaire avant d'expédier une droite, c'était un défaut facile à corriger. Il avait tout pour devenir un champion.

Ralph pense à ce jeune type, vingt-quatre ans à peine, en train d'enjamber les cordes du ring sous les projecteurs, au milieu des cris, tandis que la voix du présentateur tonne dans la salle. Puis Ralph l'imagine, avançant sur son adversaire, et dansant autour de lui. Le boxeur décoche un ou deux coups, en encaisse un, frappe une fois, deux fois, il prend son temps, et il passe à l'attaque avec un gauche, et encore un gauche, et un autre, et encore un autre et puis une droite, et il regarde l'autre type s'écrouler, de tout son long, sur le dos, les bras en croix, complètement dans le cirage. C'est là qu'on se sent bien. C'est comme un fourmillement qui vous électrise de haut en bas.

Vous entendez la foule qui hurle, et vous savez que le prochain combat sera encore plus important, et le suivant aussi, pour aller de plus en plus haut, vers le sommet. Des moments de ce genre ça mérite bien tout le travail qu'on a pu faire avant, tout le mal qu'on s'est donné, toute la sueur qu'on a versée. La foule qui hurle. La lumière des projecteurs. Les articles et les photos dans les journaux. Et le fric qui rentre. Un tas de fric. L'éclat, le prestige. C'était le genre de chose qui pouvait arriver à n'importe qui, du moment qu'on était prêt à prendre le risque.

C'était un sacré risque. Le type pouvait se faire sonner une bonne fois, un de ces soirs, par une méchante droite, aller au tapis, et se retrouver à la case départ, avec les boxeurs de dernière catégorie. Mais c'était un pari à prendre. Et dans beaucoup de domaines, ça se passait de cette façon.

C'était la même chose, par exemple, pour Ken et lui, et leurs chansons. Pendant des années et des années, ils avaient travaillé, sans gagner un sou, assis à un piano à marteler les touches, à écrire des chansons les unes après les autres. Tout ce temps passé, c'était un pari sur l'avenir. Leur numéro sortirait peut-être un jour, ou il ne sortirait jamais. Mais, tant que les dés n'avaient pas cessé de rouler, il y avait toujours un certain éclat dans ce qu'ils faisaient. Le simple fait de se dire que leur numéro sortirait peut-être, ou qu'il pouvait ne jamais sortir... Peut-être et encore peut-être ou peut-être pas. Mais tant qu'il y avait un « peut-être », il leur restait l'éclat. Et ça, c'est impossible pour quelqu'un qui travaillait dans un sous-sol, à emballer des colis, ou qui grattait du papier dans le bureau d'un comptable. Des types comme ce poids léger de Wilkes Barre, des types comme Ken... au moins, ils essayaient d'atteindre ce qui brillait, là-haut. Ils n'y arriveraient peut-être jamais. Mais au moins, ils le voyaient, là, suspendu dans le vide. Et c'était quelque chose.

Ralph se mit à siffloter la chanson de Ken.

Se levant, il se dirigea vers la porte, et posa la main sur le bouton tout en enfilant son manteau. Puis il fouilla dans ses poches, et ne trouva pas un sou. Tête baissée, il contempla le plancher.

– Viens ici, dit son père. Je vais te donner un peu

de monnaie.

– Ce n'est pas la peine, fit Ralph.

– Viens donc.

Ralph retourna dans le salon. Son père lui donna dix-sept cents.

Une fois dehors, il pressa le pas pour rejoindre le carrefour. Il n'y avait pas d'autre endroit où aller.

George, Ken et Dingo arrivèrent à leur tour. Ils étaient en pleine discussion. Ralph les écouta pendant quelques minutes, puis se mit de la partie. La controverse portait sur un certain coup pratiqué au billard.

Finalement, la discussion tourna court, chacun restant sur ses positions. Puis Ralph parla du poids léger de Wilkes-Barre. George et Ken se lancèrent dans une nouvelle empoignade, au sujet de la situation du moment dans la catégorie des poids moyens. Dingo parla de quelques coups de téléphone qu'il venait de passer. George raconta qu'il était de nouveau allé en ville, et qu'il n'avait absolument rien trouvé.

– Vous auriez dû voir cette foule, aujourd'hui, dans Market Street, dit-il. J'aurais voulu que vous voyiez ça. Je parierais qu'il y avait bien un million de personnes dans les rues. On aurait pu croire qu'il se passait quelque chose de spécial. Mais non ; c'était simplement un jour comme les autres. Et ils étaient tous là, dans le centre ville, à descendre et remonter Market Street. Mais qu'est-ce qu'ils étaient venus faire ?

– Comment ça, ce qu'ils étaient venus faire ? releva Ken, impatient de provoquer une nouvelle discussion.

– Ils ne viennent quand même pas en ville

simplement pour se promener, non ?

– Ecoutez-moi cet abruti, fit Ken. Dis-moi, tu avais une raison, toi, pour aller en ville aujourd'hui ?

– Bien sûr. Je cherchais du travail.

– Très bien. Alors, il y en avait peut-être beaucoup qui se trouvaient dans le même cas que toi. Ou bien ils allaient faire des courses. Tu crois que les gens sont idiots ? Tu crois qu'ils viennent au centre-ville, de tous les coins de Philadelphie, simplement pour le plaisir de se promener dans Market Street ?

– Tu sais ce que je pense ? murmura George, en regardant le trottoir.

– Qu'est-ce que tu penses ? demanda Dingo.

– Je crois que beaucoup de gens viennent en ville et se promènent à droite et à gauche parce qu'ils se sentent seuls.

– Qu'est-ce qu'il ne faut pas entendre ! dit Ken.

Il fit un saut jusqu'au distributeur de pistaches.

– Si j'étais pickpocket, déclara Dingo, je travaillerais tous les jours dans Market Street.

– Tu ne trouverais pas grand-chose, fit Ken en distribuant des pistaches à ses amis.

– Tu as raison, dit George.

D'une pichenette, Dingo expédia une pistache trois mètres au-dessus de lui et la rattrapa avec sa bouche.

– Allons chez moi, proposa Ken. Il n'y a personne à la maison. On écoutera la radio.

Tous les quatre ensemble, ils commencèrent à traverser la rue.

Puis Ralph s'arrêta.

– J'ai mal à la tête, dit-il. Je vais rentrer me

coucher.

Il s'éloigna.

A deux pâtés de maisons de la confiserie, il y avait un parc. C'était un grand parc, avec un lac vaguement circulaire. Une allée en ciment bordait le lac, et des bancs étaient disposés tout autour. De temps en temps, tard dans la nuit, Ralph se rendait au parc que noyait une obscurité épaisse, et il faisait le tour du lac. S'arrêtant au bord de l'eau, il allumait une cigarette, et il contemplait l'eau noire et lisse où se reflétait, comme des rubans d'argent, la lueur des réverbères. D'un pas lent, Ralph faisait le tour du lac, plusieurs fois, et les minutes s'envolaient pour devenir une heure. Et l'heure se prolongeait, une deuxième s'écoulait de la même façon. Très lentement, Ralph marchait autour du lac, seul.

Obliquant à droite, il se dirigea vers le parc.

Sous le ciel d'un noir d'encre, l'herbe et les feuilles semblaient noires, elles aussi.

Ralph s'avança jusqu'au bord du lac.

De la poche de son manteau, il sortit sa dernière cigarette, l'alluma. En prenant tout son temps, il commença à faire le tour du lac.

Il lui restait quinze cents en poche.

Et il se disait qu'il ne devait pas aller là-bas. Qu'est-ce qu'il y ferait, d'ailleurs ? Et qu'est-ce qu'il espérait, lorsqu'il serait sur place ? Il savait qu'il ne devrait pas y aller ; il n'en avait pas vraiment envie, de toute façon. Alors, comment se faisait-il qu'il se soit privé d'un paquet de cigarettes pour garder de quoi payer le métro ? Les cigarettes étaient précieuses. Il avait fait le sacrifice d'un paquet entier. Celle qu'il fumait était la dernière en sa possession. Et il lui restait quinze cents en poche : le prix d'un aller-retour en métro. Ce n'était pas encore le prix d'un aller-retour. Ça ne le deviendrait que si Ralph glissait sa monnaie dans l'ouverture du guichet, pour recevoir son ticket des mains de l'employé, et s'il franchissait le tourniquet pour accéder au quai. Mais il avait encore le temps de faire demi-tour, de retourner chez Silver pour acheter un paquet de cigarettes, et de rejoindre les autres chez Ken. Et c'était ce qu'il allait faire. Après un dernier tour de lac, il repartirait vers le carrefour.

Trois fois de suite, il fit le tour du lac, puis il traversa le parc, en direction du métro.

Lorsqu'il descendit du train et qu'il gravit l'escalier pour rejoindre la rue, il ne vit pas beaucoup de monde, et il se demanda quelle heure il pouvait bien être. Il posa la question à un passant, qui tira une grosse montre de son gilet et lui apprit qu'il était un peu plus de onze heures. Ralph se figea sur place : la meilleure chose à faire, c'était de reprendre le métro dans l'autre sens, et de rentrer chez lui.

Mais, s'éloignant de la station, il s'enfonça dans la rue sombre.

Puis, d'un pas lent, il tourna dans une rue étroite, et commença à compter les maisons.

A la septième, il s'arrêta.

La façade était percée d'une porte et d'une fenêtre, à travers laquelle filtrait une lumière provenant d'une autre pièce. C'était tout.

Ralph fit demi-tour, se demandant pourquoi il était venu jusque là.

Il repartit dans la rue sombre. Derrière lui, il entendit une porte s'ouvrir, puis des bruits de pas, qui descendaient trois marches et se rapprochaient de lui. Il se retourna.

Et il la vit.

Elle portait un manteau au col relevé. Le col était déchiré, comme le revers de l'une des manches. Mais Ralph ne voyait ni son col, ni sa manche. Il ne voyait que son visage, ses yeux clairs et ses cheveux blonds.

Et elle s'avança lentement vers lui, en secouant un peu la tête, les yeux comme étonnés, et lui demanda :

– Je vous connais, n'est-ce pas ?

– Oui, on s'est vus samedi dernier, à la soirée.

Elle hocha la tête.

– Et vous êtes... rentré chez vous.

– Je crois que je ne me sentais pas très bien.

– Qu'est-ce que vous faites par ici ?

Ralph regarda le trottoir ; puis, relevant la tête, la gorge serrée, il déclara :

– Je suis venu vous voir.

Les yeux d'Edna ne semblaient plus étonnés, maintenant. Mais elle avait le souffle court, comme si elle venait de courir très vite. Et elle lui dit :

– Je savais que je vous reverrais.

– Vraiment ? Vous en étiez sûre ?

– Oui. Je pensais que vous feriez peut-être ce qu'il fallait pour ça, comme ce soir.

– Vous voulez dire... vous aviez envie que je vienne ?

– Oui.

Ralph baissa la tête. Puis il regarda le ciel. De nouveau, il sentit sa gorge se serrer, et il demanda :

– Où alliez-vous ?

– J'étais sortie faire un tour. J'avais l'intention d'aller voir Agnes.

– Je vous accompagne jusque chez elle.

– Non. Je n'ai plus envie de la voir.

– Parce que vous êtes avec moi ?

– Oui.

Ils marchaient lentement.

– Ralph, demanda Edna, qu'est-ce que vous faites, dans la vie ?

Ralph baissa les yeux. Pendant quelques instants, il garda le silence. Puis il marmonna :

– Je ne fais r... (s'arrêtant net, il redressa la tête et déclara :) J'écris des chansons.

– Oh... vraiment ?

– J'écris des textes de chansons. Des paroles.

– Ça, alors !

– Il n'y a pas longtemps que j'ai commencé.

– Peut-être, mais ça doit être formidable. Racontez-moi comment ça se passe, Ralph.

– Ma foi, il n'y a pas grand-chose à raconter. Quelqu'un d'autre compose la musique, et ensuite, j'écris des paroles qui s'adaptent à la mélodie.

– Vous avez écrit beaucoup de chansons ?

– Non.

– Mais j'ai peut-être entendu certaines de celles que vous avez faites. On les passe à la radio ? On en fait des disques ?

– Non.

– Alors, on les édite, je suppose ? On les donne à des orchestres, pour qu'ils les jouent ?

– Non.

– Alors, qu'est-ce qu'on en fait ?

– Rien.

– Rien du tout ? Vous voulez dire que vous écrivez des chansons et qu'on n'en fait rien ? Pourquoi ?

– Eh bien... c'est parce qu'elles ne sont pas assez bonnes.

– Oh...

– Si bien qu'en fait, je ne suis pas vraiment auteur de chansons. Ça ne me rapporte pas un sou.

– Mais vous en vivrez un jour. Vos chansons vont s'améliorer sans cesse, et... Levant les yeux vers Ralph, Edna poursuivit : C'est merveilleux, quand on y pense... Vos chansons seront de mieux en mieux, et un jour on les jouera à la radio, et les grands orchestres en feront des disques, et tout le monde les écoutera.

– Je l'espère.

Pendant un moment, ils marchèrent en silence.

Puis Ralph dit :

– Attendez-moi une minute.

Traversant la rue en courant, il entra dans une confiserie. La boutique possédait un coin buvette, dont le comptoir en verre, d'un modèle ancien, était fêlé par endroits. Derrière le comptoir, était assis un vieil homme qui lisait son journal. Il leva les yeux.

– Rendez-moi service, dit Ralph.

– Quoi ?

– J'ai un ticket de métro sur moi. C'est tout ce que j'ai. Il y a une fille qui m'attend dehors. Je veux lui offrir un Coca ou quelque chose. Pouvez-vous, mon ticket vaut bien dix cents, au moins ?

– Je pense que oui, répondit le vieux. Allez la chercher.

Ralph ressortit en courant et traversa la rue pour rejoindre Edna.

– Je suis allé voir si cette boutique vendait des sodas, expliqua-t-il. On va aller boire quelque chose.

– Oh, non, je ne voudrais pas...

– Venez.

Ils entrèrent dans la confiserie, et s'intallèrent au comptoir. Sans attendre, Ralph proposa :

– Vous voulez bien boire un Coca ?

– Ça me ferait plaisir, répondit Edna.

Ralph regarda le vieil homme.

– Un Coca, demanda-t-il.

Le vieux prépara deux petits verres, qu'il poussa vers eux sur le comptoir fêlé.

– Mais j'ai seulement demandé... commença Ralph.

Le vieux tendit la main. Ralph lui donna son ticket.

– Dix cents, dit le vieil homme. Le compte y est. Merci.

Ralph but son verre très vite, et le termina en quelques gorgées. Edna, le sourire aux lèvres, prit tout son temps.

– C'est bon ? fit Ralph.

Elle hocha la tête. Ils sortirent.

Pendant un moment, ils n'échangèrent pas un mot.

Puis Edna commença :

– Il n'y a pas longtemps que j'habite ici.

Elle lui expliqua que ses parents venaient de s'installer, et pourquoi ils avaient dû changer de ville. Elle lui parla de son père, qui essayait de trouver du travail, dans une usine de carrosserie automobile. Elle poursuivit :

– Et je vais en ville tous les jours pour chercher du travail. Mais.. Laissant sa phrase en suspens, elle sourit à Ralph et conclut : Mais vous n'avez pas envie de m'entendre parler de ça.

– Pourquoi pas ?

– Parce que ce n'est pas drôle d'entendre quelqu'un parler de ses problèmes. On ne devrait jamais parler de ses problèmes. Je suppose qu'on ne peut pas s'empêcher d'y penser, mais ça ne veut pas dire qu'on doive en discuter.

– Vous devez avoir raison.

– Vous et moi, reprit Edna, nous ne parlerons jamais de nos ennuis.

– D'accord.

Ils remontaient la rue. Ils s'arrêtèrent devant chez Edna.

– Quand vous reverrai-je ? demanda-t-elle.

– Demain soir, jeta Ralph. On ira quelque part.

– Non... On se promènera un peu, tout simplement. Je serai trop fatiguée pour aller quelque part. J'aurai passé toute la journée en ville.

– En ce cas, vous ne serez pas trop fatiguée pour aller faire un tour ?

– Enfin, je veux dire...

– Je sais ce que vous voulez dire, fit Ralph en regardant la marche blanche qui se détachait sur le trottoir sombre.

Ils gardèrent le silence un instant. Puis Edna reprit :

– Rappelez-vous, Ralph, on a décidé de ne pas parler de nos ennuis.

– Oui.

– Vous viendrez me voir demain soir, vers neuf heures, et nous irons juste faire un tour ?

– D'accord.

– Je crois que je vais rentrer, maintenant. Vous devez être fatigué.

– Non, je ne suis pas fatigué. Et vous ?

– Non, répondit Edna.

– Mais vous devez vous lever tôt, demain ?
– Ma foi, oui.
– Il doit être très tard, fit Ralph.
– On ne le dirait pas.
– Non.
– Je ne suis pas fatiguée du tout. Je me sens tellement bien.
– Moi aussi.
– Ralph, qu'est-ce que vous allez faire, demain ?
– Je viendrai vous voir.
– Je veux dire... dans la journée ?
– Travailler à une chanson. Essayer de trouver une idée pour écrire des paroles.
– Qui écrit la musique ?
– Ken... Vous vous rappelez, le grand brun, samedi dernier ?
– Oh, oui. Vous travaillez ensemble ?
– Ouais.
– Vous travaillez beaucoup, je suppose ?
– Non.
– Pourquoi ?
– Je n'en sais rien.
– Mais, Ralph...

Il la regarda, détourna les yeux, se ravisa, tourna de nouveau la tête, puis la fixant une fois de plus, il répondit :

– Je ne travaille pas beaucoup parce que... eh bien, parce que je n'aime pas travailler. Je suis un fainéant.
– Oh, ne dites pas ça.
– Si, je le répète. Je suis un fainéant.
– Mais non.
– Je n'aime pas travailler. Je suis un fainéant. Un bon à rien. Je n'aurais pas dû venir ici ce soir. Et je

ne viendrai pas demain. Je ne viendrai plus du tout. Pourquoi est-ce que j'aurais envie de vous revoir ? Je ne reviendrai pas demain. Ni jamais.

Ralph sentit quelque chose monter dans sa gorge et l'étouffer. Se retournant brusquement, il s'éloigna en hâte de la maison. Quelques mètres plus loin, il regarda derrière lui, et sur le pas de la porte, il vit Edna, les yeux fixés sur lui. Il commença à revenir sur ses pas, puis, lentement, il refit demi-tour et s'éloigna. Il entendit une porte se fermer. Une fois de plus, il se ravisa, et revint vers la maison. La porte était fermée. Aucune lumière ne brillait plus.

Ralph resta un moment sans bouger, à contempler la porte close et la fenêtre obscure.

Lentement, il remonta la rue.

9

Assis au piano, Ken jouait sa chanson. La porte s'ouvrit et Ralph entra.

– J'ai fini les paroles.

– Montre, dit Ken.

Ralph lui tendit une feuille de papier. Ken la déchiffra lentement. Puis il la posa sur le porte-partitions, et il joua la mélodie en chantant les paroles d'une voix grave, un peu cassée.

– Alors ? fit Ralph.

Ken hocha la tête.

– Ça colle avec la musique. Tes paroles lui vont comme une gant.

– Et maintenant ?

– On attaque une nouvelle chanson.

– Qu'est-ce qu'on fait de celle-ci ?

– Que veux-tu qu'on en fasse ? demanda Ken.

– L'envoyer à un éditeur.

– Ne me fais par rire, dit Ken.

– Qu'est-ce qui ne va pas ?

– Je t'en prie – ne me fais pas rire. On tient une superbe ballade, avec ça, mais à quoi ça nous servirait de l'envoyer à ces guignols de New York ?

– Mais qu'est-ce qu'on peut en faire ?

– Quand je descendrai en Floride, répondit Ken, je l'emporterai avec moi.

– Et ce sera quand ?

– Bientôt. D'un jour à l'autre, maintenant.

– Il y a longtemps que tu dois partir en Floride.

– Ça ne va plus tarder.

George et Dingo apparurent.

– Que Dieu vous bénisse, joyeux compagnons, lança Dingo d'une voix de tête.

– Va te faire voir, dit Ken.

George prit un siège et annonça :

– Eh bien, les gars, je suis à la rue.

– Comment ça ? demanda Ralph.

– Je suis à la rue, c'est tout, dit George. Je me suis engueulé avec mon vieux, ce matin. On n'a pas tardé à se traiter de tous les noms, et pour finir, il m'a dit que je pouvais dégager le plancher. Avant d'avoir eu le temps de réfléchir, je suis monté dans ma chambre, j'ai emballé mes affaires, et maintenant, je me retrouve chez Dingo.

– Et alors ? Ce soir, tu rentreras chez toi, fit Ken.

– Tu crois ça ? Tu ne connais pas mon vieux.

– Tu peux venir chez nous, proposa Ralph.

– Pas question, répondit George.

– Je lui ai dit qu'il pouvait s'installer chez moi, indiqua Dingo.

– Ouais, fit Ken. Ton frère et ta belle-sœur vont sûrement être ravis.

– Je vais peut-être quitter la ville, dit George.

Claquant les doigts, Ken annonça :

– C'est dans la poche.

– Qu'est-ce qui est dans la poche ? demanda George.

– Mes parents vont à Vineland passer quelques jours chez ma sœur et son mari. Ils ont une ferme, là-bas. Quelques jours, ça veut dire quelques semaines. A chaque fois que mon père débarque dans une ferme, il dort vingt-quatre heures sur vingt-quatre. Quand il était gosse, il travaillait dans une ferme, et il devait se lever à quatre heures du matin pour trimer jusqu'à huit heures du soir. Alors, maintenant, il rattrape le temps perdu. Quand il descend chez ma sœur à Vineland, il dort sans arrêt.

– Quel rapport ça peut avoir avec moi ? demanda George.

– Toi, fit Ken, tu as vraiment un petit pois dans le crâne. Tu ne comprends pas ? Je vais rester ici tout seul. Alors, tu t'installes chez moi. On aura la maison pour nous.

– Ça me paraît bien, dit George.

– Je crois qu'ils s'en vont demain. A moins qu'ils partent cet après-midi. Je n'en sais rien. Mais, en tout cas, on aura la baraque pour nous tous seuls. On fera la fête tous les soirs.

– Excellente idée, approuva Dingo.

– Je ne sais pas comment nous allons manger,

reprit Ken. Mon vieux ne me laissera pas un sou. Mais on se débrouillera toujours. Et du moment qu'ils ne coupent pas l'électricité et qu'ils nous laissent un peu de charbon à la cave, ça ira bien.

– Tu crois que tes parents vont partir ce soir ? demanda George.

– Possible.

– Tous les soirs, fit Dingo, on fera la fête avec des jolies filles.

George et Ken s'esclaffèrent.

– Vous savez, dit Ken, avec la maison vide, on pourrait monter quelques petites combines.

– Comment ça ? fit George.

– Eh bien, on pourrait faire venir des types, ici, organiser des parties de dès, et prendre un pourcentage. De cette façon, on ramasserait environ dix dollars par semaine. Ou encore, ou pourrait les faire jouer au blackjack ou au poker dans la pièce d'à côté et prendre notre part là-dessus aussi. Ecoutez, vous savez ce qu'on pourrait faire ? On organise des jeux dans chacune des pièces de la maison. Imaginez un peu. Si on touche sur chaque partie, on ramasse un sacré paquet. Bon sang, vous vous rendez compte du nombre de pièces qu'il y a, dans cette maison ? Trois au rez-de-chaussée, trois au premier, en comptant la salle de bains. Ça en fait six. Une partie dans chaque, et on prend environ dix dollars par partie. Ça fait soixante dollars par soirée. Sept soirs par semaine, ça nous donne quatre cent vingt dollars. Vous imaginez ça ? Quatre cent vingt dollars. Et encore, en restant modeste.

– Tu crois que ça pourrait marcher ? demanda George.

– Si je crois que ça pourrait marcher ? Tu

plaisantes ! C'est couru d'avance. Tout ce qu'on aurait à faire, c'est d'en parler autour de nous, à la salle de billard, devant chez Silver, au petit restaurant de Broad Street, et chez le marchand de cigares, et ils vont tous rappliquer ici ventre à terre. Dix dollars par pièce, six pièces...

– Et la cave ? suggéra George.

– La cave... la cave... marmonna Ken. Bien sûr, la cave ! Il fit claquer ses doigts. Voilà ce qu'on fait. On organise trois salles de jeux dans la cave. Ça nous libère trois chambres. Mais elles ne vont pas rester libres longtemps.

– A quoi tu penses ? fit George.

– Réfléchis un peu, dit Ken, faisant claquer ses doigts de nouveau. Ça coule de source. On descend en ville, on ramasse trois tapins, on les ramène ici, et on les installe dans les chambres. Et on partage le prix des passes.

– Qu'est-ce que tu veux faire ? cria George, qui commençait à perdre son calme. Transformer cette maison en tripot ?

– Mais écoutez-le ! hurla Ken. On lui offre une chance de rafler deux cents dollars en cinq secs, et...

– T'es dingue ! dit George. Les flics vont nous tomber dessus, et on se retrouvera tous en taule, j'en suis sûr.

Pendant un moment, ils n'échangèrent plus un mot.

Puis George déclara :

– Tu ferais mieux de laisser tomber cette idée.

Tournant la tête, Ken regarda le piano, à l'autre bout de la pièce.

– Il faut pourtant faire quelque chose. Savoir prendre des risques. On ne peut pas rester les bras croisés. Il hocha la tête. D'une voix à peine audible, il ajouta : Il faut saisir sa chance.

De nouveau, ils restèrent silencieux un moment.

Dans la pièce voisine, Dingo était au téléphone. Il disait :

– Non, vraiment ?

George et Ken s'esclaffèrent. Ils passèrent dans l'autre pièce pour écouter Dingo.

Resté seul dans le salon, Ralph regardait par la fenêtre, contemplant le trottoir gris, la chaussée d'un noir mat, et le ciel terne. Il se rappelait l'année de ses seize ans, quand il était au lycée et qu'il s'était inscrit au club de géologie. Très vite, il s'était passionné pour cette science. Il était allé à l'Académie des Sciences Naturelles, pour y lire tout ce qui était disponible sur les minéraux. Plusieurs fois, il avait rendu visite à un lapidaire, et lui avait demandé à voir des pierres non taillées. Un jour, le vieil homme lui apprit où découvrir de l'améthyste. Le lapidaire affirmait qu'on en trouvait parfois sur les rives du ruisseau Wissahickon. Ralph prit donc un tram pour sortir de la ville, puis il remonta le Wissahickon. C'était l'hiver. Le ruisseau était à demi-gelé. Ralph longea la rive. Il était seul. Autour de lui, tout était sec, froid et propre. Bientôt, il oublia l'améthyste. Il avait seulement envie de longer la rive du ruisseau. Des feuilles mortes oscillaient, comme des foules en prière, autour des troncs des arbres nus. Tout était calme et immobile, à part l'eau limpide et glacée qui éclaboussait les rochers et les galets au bord du ruisseau. Ralph marcha lontemps, en contemplant le cours d'eau, les arbres, les rochers, la beauté paisible du Wissahickon et de sa vallée, et il eut envie de rester là. Il aurait voulu creuser une caverne, sous un gros rocher, et s'y installer, tout seul, sans être vraiment seul, pourtant, car il aurait eu pour compagnie la musique aigrelette du ruisseau, et le chant de défi des oiseaux à demi-morts de froid, qui refusaient pourtant de quitter la vallée. Dans sa caverne près du ruisseau, il se serait installé pour toujours, seul sans être vraiment seul, et il aurait eu tout ce dont il avait besoin.

En se rappelant cette journée, Ralph eut de nouveau envie d'être là-bas, dans la vallée près du ruisseau. Se levant, il passa devant la fenêtre et se dirigea vers la porte. Un jour, il retournerait sur les rives du Wissahickon.

Depuis la pièce voisine, Ken lui demanda :

– Où vas-tu ?

– Nulle part en particulier.

Au téléphone, Dingo s'étonnait :

– Vous voulez dire que vous ne savez pas ce que c'est qu'un ingénieur-système ?

George et Ken riaient.

– Ecoute ça, Ralph, dit Ken. C'est excellent.

Ralph avait déjà posé la main sur le bouton de la porte. Il commença à tourner le bouton, puis sa main retomba et il revint vers George, Ken et Dingo.

– Demande-lui des détails, fit George.

Au téléphone, Dingo demanda :

– Quel âge avez-vous ? Vous mesurez combien ? Vous pesez combien ?

Couvrant le microphone de sa main, il se tourna vers ses amis et leur annonça :

– On est sur un coup qui sort de l'ordinaire.

– Arrange-nous ça, fit Ken.

– Samedi soir... ici. C'est demain soir, non ? dit George.

– On aura la maison pour nous tous seuls, précisa Ken.

Ralph murmura :

– Ne comptez pas sur moi.

– On sera avec elles ici toute la nuit, insista George, pendant que Dingo poursuivait ses négociations au téléphone.

– Je ne viendrai pas, annonça Ralph.

– Mais qu'est-ce que tu as ? demanda Ken.

– Rien.

– A d'autres !

– Je te répète que je n'ai rien.

– Qu'est-ce qui t'a mis en rogne ?

– Qui a dit que j'étais en rogne ?

– Mais alors, qu'est-ce qui ne va pas ?

– Rien.

– Je sais ce que tu as, dit Ken. C'est à cause de la chanson qu'on a écrite. Tu es en rogne parce que je ne l'envoie pas à un éditeur.

– Je ne suis pas en rogne à cause de la chanson, dit Ralph. Ni à cause de quoi que ce soit d'autre.

George suggéra :

– Il a le cafard.

– C'est ça, fit Ken. C'est ça. Tu as le cafard à cause de quelque chose. Qu'est-ce que c'est ?

– Rien, répondit Ralph.

Se détournant, il se dirigea vers la porte.

– Hé, attends une minute ! lança Ken. Où vas-tu ?

Ralph ouvrit la porte et sortit.

Dans sa chambre, Ralph mordillait le bout de son

crayon en contemplant sa page blanche. Il se disait que s'il arrivait à écrire des paroles sur une mélodie, alors, peut-être, Ken pourrait composer une musique pour ses paroles. Pour l'instant, il n'avait encore rien écrit. Mais ça n'allait plus tarder. Il savait ce qu'il voulait coucher sur le papier. Les mots tournaient dans sa tête. Il fallait qu'il les transcrive. Les mots allaient jaillir de son cerveau pour passer dans son bras, jusqu'à sa main, jusqu'à la pointe du crayon, et s'étaler sur la feuille. Puis il porterait son œuvre à Ken qui inventerait une mélodie. Il commençait à écrire, maintenant. C'était la seule chose qu'il eût envie de faire. Rester seul dans sa chambre, exprimer ce qu'il avait en tête sous forme de mots que son crayon tracerait sur le papier. Ralph biffa quelques mots, et, regardant par la fenêtre, contempla le ciel gris. Il reposa les yeux sur sa feuille, puis examina le ciel de nouveau : le gris s'assombrissait. Il relut ce qu'il avait écrit, prit la feuille, et, lentement, en fit une boule de papier avant de la déchirer en petits morceaux. Ouvrant la fenêtre, il jeta les bouts de papier au-dehors, et les regarda voleter jusqu'au fond de la ruelle, comme une vaste nuée d'oiseaux blancs.

Il sortit de sa chambre.

A neuf heures, Edna regarda par la fenêtre et ne vit que la rue étroite, sombre et vide. Se détournant vivement, elle se dit qu'elle était ridicule. Elle soupira, et tenta de se convaincre qu'on soupirait toujours quand on était très fatigué. Elle avait beaucoup marché, aujourd'hui, parcourant dans tous les sens les rues du centre ville, pour chercher du travail. En vain. Elle n'avait rien trouvé. Elle n'avait même pas obtenu la promesse d'un emploi quelconque pour l'avenir. Tout était pris. Il y avait tellement de filles au chômage. Peut-être y aurait-il quelque chose demain. Il le faudrait bien. Elle devait à tout prix trouver une place. Son père n'avait pas encore réussi à se faire embaucher. L'argent allait bientôt manquer, et il fallait absolument qu'elle trouve quelque chose, n'importe quoi, du moment que ça lui permettrait de gagner sa vie. Elle soupira de nouveau. Ses pieds étaient en feu, et à la seule idée de tous les kilomètres qu'elle devrait parcourir le lendemain, la brûlure se fit plus vive encore. De nouveau, elle regarda par la fenêtre, puis consulta le réveille-matin cabossé posé sur une chaise. Il était neuf heures vingt.

Il ne viendrait pas ce soir. Ni jamais. Elle ne le reverrait plus.

Edna se leva. Il faisait froid dans la maison. Mais, malgré cela, l'atmosphère de la pièce lui parut moite, poisseuse, étouffante. Cela l'étonna. Elle se demanda pourquoi elle avait envie de sortir. Passant dans la pièce voisine, elle enfila son manteau déchiré et sortit. C'est en descendant les marches qu'elle l'aperçut.

Appuyé contre le mur, quelques maisons plus loin, il contemplait le trottoir.

Edna avança vers lui.

Il leva la tête, et la surprise le fit tressaillir. La peur se lut dans son regard, et il commença à se détourner.

– Oh, Ralph, je vous en prie, ne partez pas.

– Je...

– Qu'est-ce que vous faites là, dans la rue ?

– Je n'en sais rien.

– Vous ne portez même pas de manteau. Vous n'avez pas froid ?

– Non.

– Vous avez froid, Ralph. Je le vois bien. Venez chez moi.

– Non... Il faut que je parte.

– Ne partez pas, Ralph, je vous en prie. Vous êtes venu jusqu'ici pour me voir, n'est-ce pas ?

– Oui.

– Et vous êtes arrivé à neuf heures, exactement comme vous l'aviez promis, même si, par la suite, vous avez dit...

– Eh bien, je...

– Vous étiez là à neuf heures, n'est-ce pas ? Depuis neuf heures, vous attendez là, dans la rue.

– Je vais rentrer, maintenant.

– Restez, Ralph, s'il vous plaît. Venez à la maison, je vous en prie.

– Je n'en ai pas envie.

– Bien sûr que si. Je le sais. Et il fait bon, chez moi. Enfin, en tout cas, il fait meilleur qu'ici. Pourquoi ne portez-vous pas de manteau ? Vous en aviez un, hier soir. Vous l'avez perdu ?

– Non. J'ai oublié de le mettre.

Edna poussa Ralph vers la maison. Sur les marches, il s'arrêta. Puis Edna ouvrit la porte et le poussa à l'intérieur. Elle se dépêcha de refermer la porte.

– Voilà, fit-elle.

Ralph contemplait le plancher. Puis il regarda Edna dans les yeux, baissa la tête de nouveau, et dit :

– Vous m'avez attendu.

– Oui.

– Vous saviez que je viendrais.

– Venez dans la cuisine. Vous êtes gelé. Je vais faire du thé.

– Oh, non.

– J'ai envie d'en faire pour moi, de toute façon. Si vous n'en voulez pas, vous pourrez me regarder.

Ralph suivit Edna dans la cuisine. Elle prépara du thé. Comme l'eau bouillait, elle demanda :

– Vous l'aimez sans citron ou sans lait ?

– Sans citron, répondit-il.

Ils échangèrent un sourire.

S'asseyant de part et d'autre de la petite table, ils burent leur thé à petites gorgées.

– Cela vous fait du bien, dit Edna. Vous n'avez plus froid maintenant, n'est-ce pas ?

– Non.

– Ralph, si je n'étais pas sortie, vous seriez reparti ?

– Je pense que oui.

– Pourquoi ?

– Je ne sais pas.

– Si, vous le savez. Dites-le moi.

– J'avais peur.

– Peur de quoi ? Pas peur de moi ?

– Pas exactement.

– Alors, de quoi ?

– Je n'en sais rien, Edna. J'en sais vraiment rien.

– Ralph...

Les yeux dans les yeux, ils oubliaient leur thé.

– Vous saviez que j'étais dehors ? demanda Ralph.

– Non... je... je ne crois pas... Non, bien sûr, je ne savais pas que vous étiez là.

– Alors, qu'est-ce qui vous a décidé à sortir ?

– Je voulais simplement... Je ne sais pas, Ralph. J'ai seulement mis mon manteau ; j'avais envie de sortir, ou... non, je n'en avais pas envie, en fait. Je ne sais pas. Je suis sortie, et je ne sais pas pourquoi. Je ne savais pas que vous étiez dehors, et je ne sais pas pourquoi je suis sortie.

– Je ne comprends pas, fit Ralph.

– Moi non plus.

– C'est peut-être ça qui me fait peur.

– Quoi, Ralph ?

– Eh bien, de m'être retrouvé là, avec l'envie de partir. Je ne voulais même pas venir jusqu'ici, pour commencer. Je suis parti de chez moi... et je ne me rappelle même plus où je suis allé. Mais je me suis mis à marcher. Et j'ai continué. Je ne savais pas que je venais ici. Je ne me rendais pas compte que j'avais oublié de mettre mon manteau. J'étais dans la rue...

– Vous êtes venu à pied ?

– Bien sûr. Je n'ai pas d'ailes.

– Et vous avez fait tout ce chemin...

– Quand j'ai vu votre maison, j'ai compris où j'étais. Et j'ai voulu repartir.

– Pourquoi avez-vous si peur ?

– Edna, je n'en sais rien.

– Si, vous le savez. Vous ne voulez pas me le dire.

Ralph regarda Edna, détourna les yeux, la dévisagea de nouveau. Il se leva, baissa la tête. Il regarda tout autour de lui, fiévreusement, comme s'il cherchait une issue par où s'enfuir.

– Il faut que je rentre, dit-il.

Ressortant de la cuisine, Ralph traversa la petite maison, et il courait presque en atteignant la porte.

Et Edna courait derrière lui ; Ralph s'arrêta, se retourna.

– Je vous en prie, ne me quittez pas, dit Edna.

Ralph la regarda, baissa la tête, puis regarda Edna de nouveau.

– Prenez bien soin de vous, dit-il.

Ses propres paroles lui parurent étranges.

Puis, ouvrant la porte, il descendit l'escalier. Edna s'avança sur le seuil.

– J'espère que vous reviendrez un jour, dit-elle.

10

George entra chez Ken, muni d'une valise délabrée. Ken s'esclaffa.

– Qu'est-ce qu'il y a de drôle ? demanda George.

– Tu ressembles à un immigrant qui vient de débarquer d'Ellis Island.

– Justement, j'ai l'impression d'en être un. Est-ce que le champ est libre ?

– Libre comme l'air, dit Ken. Mes parents sont partis pour Vineland il y a moins d'une heure. Et je veux bien être pendu s'ils n'y restent pas trois semaines.

– Ils t'ont laissé quelque chose ?

– Ouais. La maison.

– Je veux dire, quelque chose dans la glacière, ou quelques dollars ?

– Bien sûr que non. Tu rêves !

George se gratta la tête.

– De quoi on va vivre ?

L'air dégoûté, Ken lui lança un regard noir.

– On cueillera des fruits sur les arbres, répondit-il. (Il ouvrit un paquet de cigarettes avec les dents, et George et lui en allumèrent une chacun.) Dingo va piquer des trucs chez lui et nous les apporter ici. Au moins, on mangera ce soir. Demain, j'appellerai ma sœur – celle qui habite dans le quartier ouest – et je lui demanderai de m'apporter un billet de cinq si elle ne veut pas que son frère chéri meure de faim. Viens, je veux te montrer quelque chose.

Emmenant George dans la pièce voisine, Ken ouvrit le dernier tiroir du vaisselier. Il contenait trois bouteilles de whisky irlandais et une bouteille de gin.

– Ça a l'air bon, dit George.

– Mon Vieux a commis une erreur fatale. D'habitude, il surveille jalousement sa gnôle. Mais aujourd'hui, il a oublié de l'emporter. La prochaine fois, il se méfiera, conclut Ken en riant.

– Tu ne vas quand même pas ouvrir ces bouteilles ?

– Qu'est-ce que tu crois ? dit Ken. On fait une grande fête ici, ce soir, fils. On aura un bar et tout, et si on manque d'alcool, on enverra nos domestiques en ville...

– Et comment ! fit George.

Ils rirent.

Ken s'assit au piano et commença à jouer sa nouvelle chanson. Puis, tendant le bras, il prit sur le dessus de l'instrument la feuille de papier où étaient copiées les paroles. Il se mit à chanter.

– Ce n'est pas mal, dit George.

– Je n'aurais jamais cru Ralph capable d'écrire

quelque chose d'aussi bien, déclara Ken.

Martelant les touches du piano, il chantait d'une voix cassée.

Dingo entra.

– Salut, les gars ! lança-t-il.

Il portait un sac en papier, sur lequel se jetèrent Ken et George. A l'intérieur, il y avait quatre tranches de pain et trois boîtes de pêches au sirop.

Ken examina les étiquettes.

– Des pêches... fit-il. Qu'est-ce que tu veux qu'on fasse avec des pêches ?

– Les manger, proposa Dingo.

– Quatre tranches de pain et trois boîtes de pêches !

Ken regardait l'étiquette d'un air furieux.

Dingo suggéra :

– Vous pourriez faire des sandwiches à la pêche.

George rit.

– Des pêches et du pain, marmonna Ken.

– Pas nécessairement, dit Dingo.

– Très bien, grosse tête, aboya Ken. Propose-nous une idée brillante ; c'est le moment.

Dingo expliqua :

– On va aller dans Broad Street. Il y a un grand marché, là-bas, où ma mère fait toutes ses courses. Je leur rapporterai les pêches. Je leur dirai que j'en ai acheté quatre boîtes hier, et qu'en ouvrant la première, je l'ai trouvée pleine de vers. Je ferai un scandale, et je leur demanderai autre chose en échange.

– Parfois, ce type est un vrai magicien, décréta George.

Ils se rendirent dans Broad Street, et Dingo fit un esclandre. Contre les pêches, il obtint deux boîtes de soupe et un pain entier. Les trois amis se hâtèrent de rentrer chez Ken et se mirent à table. Lorqu'ils eurent l'estomac lesté par la soupe et le pain, Ken montra les bouteilles d'alcool à Dingo.

– Maintenant, on va se faire des cocktails, décida Dingo.

– Imbécile, fit Ken. On ne prend pas de cocktail *après les repas, mais avant.*

– Qu'est-ce que ça change ? demanda Dingo.

En ouvrant la bouteille de gin, Ken déclara :

– Du gin pur, voilà ce qu'il faut boire comme digestif. Tous les gens qui savent vivre te le diront. Il faut observer les règles.

Il servit trois verres de gin.

– On dirait de l'eau de Cologne, nota Dingo.

– Tu as raison, fit George.

Ken leur lança un regard de mépris.

– Comme si vous vous y connaissiez ! dit-il. Le problème, c'est que vous ne savez pas boire, c'est tout. Vous n'êtes pas des vrais buveurs.

– Si, je sais boire, protesta Dingo. Je le mets dans ma bouche, et je le laisse descendre. Ce n'est pas plus compliqué que ça.

– C'est ce que tu crois, fit Ken.

– Alors, explique-nous, dit George.

Installés dans le salon, ils fumaient des cigarettes. George alluma la radio. Une musique de jazz emplit la pièce.

– Où est Ralph ? demanda George.

Ken haussa les épaules.

– Je n'en sais rien.

– Est-ce qu'il vient ce soir ? voulut savoir Dingo.

– Non, fit Ken. Il ne tourne pas très rond, en ce moment. Il a le cafard.

– Qu'est-ce que ça veut dire ? fit Dingo.

George marmonna :

– Je peux vous dire une chose : si quelqu'un venait me voir et me faisait cadeau de deux cents dollars, ça me ferait bien plaisir.

Ken soupira.

– La seule solution, c'est la Floride. Je ne vois que ça.

– On part quand ? demanda Dingo.

– D'un jour à l'autre, maintenant.

Tranquillement assis, ils regardaient le nuage de fumée grise de leurs cigarettes s'élever lentement vers le plafond et disparaître. Levant leurs verres de gin, ils échangèrent un sourire.

Dans sa chambre, Ralph noircissait du papier. Il avait subtilisé trois feuilles du bloc-notes d'Addie. Les trois feuilles étaient couvertes de son écriture, maintenant, au recto comme au verso.

Ralph se relut, et hocha lentement la tête. Puis, déchirant les feuilles, il sortit de sa chambre. Tout était calme dans la maison. Son père et sa mère dormaient. Addie se trouvait à la patinoire. Evvie était partie à un rendez-vous. Dans le couloir luisait une ampoule d'un orange terne. Ralph longea le couloir et descendit au rez-de-chaussée. Enfilant son manteau, il sortit. Il faisait très froid dehors. Ralph alla jusqu'au carrefour. Personne ne l'y attendait. Puis il se souvint de la soirée chez Ken, et il se mit en route pour rejoindre les autres. Il aurait bien aimé avoir une cigarette. Dans le parc, rien ne le protégeait du vent cinglant qui lui sifflait aux oreilles. Remontant le col de son manteau, Ralph s'approcha du lac. L'eau commençait à geler. La glace, l'herbe, les feuilles et le ciel étaient sombres, durs et froids. Les yeux fixés sur ses chaussures, qui luisaient faiblement sur le ciment de l'allée, il fit le tour du lac. Puis il releva la tête. Il était seul. Le lac et le parc étaient vides de toute présence humaine, et le ciel vide d'étoiles. Ralph sentait le vent coupant lui taillader les chairs ; il se dit qu'il allait faire un dernier tour du lac avant de rentrer chez lui et de dormir. Puis il s'écarta de son chemin et, traversant le parc d'un pas lent, il longea deux pâtés de maisons, jusqu'au carrefour de la confiserie Silver. A travers la vitrine, il vit que la pendule indiquait onze heures et demie. En frissonnant, il s'adossa au mur de briques, et enfonça les mains dans ses poches.

Il aperçut Dingo, George et Ken qui s'approchaient du carrefour. Ils chantaient, criaient et juraient, en avançant d'une démarche incertaine. Dingo mit les mains en porte-voix autour de sa bouche et se mit à hurler :

– Edition spéciale ! Edition spéciale ! Gigantesque tremblement de terre !

Des fenêtres, des portes s'ouvrirent. Plusieurs personnes mirent le nez dehors.

– Le journal... le journal ! lança un homme. Donnez-moi vite le journal.

– Allez vous faire voir ! répondit Dingo.

La tête rejetée en arrière, George et Ken hurlaient de rire, s'en donnant à cœur joie.

Les trois compères firent de grands signes à Ralph.

Celui-ci les examina de la tête aux pieds, avant de déclarer :

– Vous êtes dans un drôle d'état.

– Comment oses-tu dire un chose pareille ? s'indigna Dingo.

Ralph rit.

– Qu'est-ce qui s'est passé ? demanda-t-il. Où sont vos invitées ?

– Ces garces nous ont posé un lapin, répondit Ken. Mais on a l'adresse de l'une d'elles, malgré tout. On y va tout de suite pour mettre le feu à sa maison.

– C'est une bonne idée, fit Ralph. Alors, comme ça, elles vous ont laissés en plan ?

Il rit de nouveau.

– Ouais, les filles nous ont fait faux-bond, claironna George. Mais la gnôle était au rendez-vous, pas vrai, les gars ?

– Je suis parfaitement de ton avis, déclara Dingo.

– Et il nous en reste ! hurla Ken.

– Des litres ! renchérit George.

– Des centaines de litres ! ajouta Dingo.

– Vraiment ? fit Ralph.

– Et comment ! s'exclama Ken. On va lui montrer. En avant !

Ils entraînèrent Ralph à leur suite. Dingo courait devant en brandissant un sabre imaginaire.

– En avant ! cria-t-il.

Au pas de charge, ils s'engouffrèrent chez Ken.

Il restait encore beaucoup d'alcool. Ils se mirent à boire. Ken rafla une bouteille de whisky irlandais et la tendit à Ralph.

– Non, dit Ralph.

– Ne fais pas l'imbécile, insista Ken.

Ralph regarda la bouteille. Il n'avait pas envie de boire. A chaque fois qu'il touchait à l'alcool, il finissait par être malade comme un chien. Quand il se mettait à boire, il ne pouvait plus s'arrêter. Cela ne lui était pas arrivé souvent, mais ce genre d'expérience se terminait toujours mal. Il se souvint d'une soirée où il avait commencé à boire, et pendant laquelle – il l'avait appris plus tard – il avait ingurgité plus d'un litre de whisky à lui tout seul. L'alcool ne lui valait rien, Ralph le savait bien. Mais le goulot de la bouteille touchait déjà ses lèvres, et il renversa la tête en arrière. Le whisky coula à flots dans sa bouche, lui enflamma la gorge. Il se dépêcha d'avaler la première gorgée, puis il continua de faire descendre le liquide dans sa gorge.

– Regardez-le s'expliquer avec sa bouteille, lança Ken.

Ralph serrait le goulot entre ses dents, et le whisky jaillissait de la bouteille pour s'engouffrer dans sa gorge à grandes goulées rapides.

Au milieu de la pièce, George essaya de se tenir debout sur la tête, et il retomba à plat ventre.

Dingo faisait un discours.

Ken regardait Ralph avaler son whisky.

George s'imaginait sur un terrain de base-ball.

Dingo cloua le bec à un contradicteur.

Ken porta la main à sa joue. Ses yeux, rivés sur le liquide qui s'engouffrait dans la bouche de Ralph, s'écarquillaient de plus en plus.

George vit arriver la balle de loin. C'était une balle fusante, rapide, qui frôlait la troisième base. Malgré un faux rebond, George l'intercepta avec brio. Se plaçant avec précision, il présenta son gant sous la balle, la saisit dans sa main droite, et la relança vers la première base. Le stade entier croula sous les acclamations. George salua et s'étala sur le plancher.

Avec de grands gestes, Dingo exhortait son auditoire à essayer une nouvelle marque de céréales.

Lentement, en secouant la tête, Ken se détourna.

La bouteille, presque verticale, était à moitié vide. Ralph la décolla de ses lèvres. Il regarda Dingo, puis la bouteille. Il vit George allongé par terre, et Ken qui tentait de trouver le bouton de réglage de la radio. Il vit le plafond, les murs, le plancher, et la bouteille de nouveau. La portant à sa bouche, il sentit le goulot contre ses dents, et l'alcool lui enflamma la gorge.

A même le sol, George et Ken dormaient. La chaussure de Ken reposait sur le menton de George. Leur sommeil était profond.

Dingo était assis près du poste de radio, l'oreille collée contre le haut-parleur. Le récepteur captait des appels de la police. Dingo s'imaginait dans la peau d'un policier, au volant d'une voiture de patrouille, fonçant dans la nuit pour aller rétablir l'ordre quelque part.

Au premier étage retentit un choc sourd.

Dingo s'y rendit aussitôt. Dans la salle de bains, Ralph, à quatre pattes sur le carrelage, poussait des jurons. Ils se trouvait sous le lavabo. Relevant la tête, il se cogna le crâne contre la faïence du lavabo. Avec un gémissement, il s'étala par terre de tout son long, et perdit connaissance. Pensif, Dingo contemplait la scène. Puis il emplit le lavabo d'eau froide. Soulevant Ralph, il plongea la tête de son ami dans l'eau. Il n'y avait qu'une petite bosse sur son crâne. C'était plus l'alcool que le choc qui l'avait assommé. Les yeux de Ralph était ouverts, maintenant, et il marmonnait quelque chose. L'eau lui dégoulinait sur le visage.

Secouant la tête, il cligna des yeux plusieurs fois avant de déclarer :

– Je vais très bien, maintenant.

– Plus ou moins, commenta Dingo.

Sortant de la salle de bains, Ralph s'engagea dans le couloir et tomba à genoux. Il se releva, fit quelques pas de plus et s'affala de tout son long.

– Je vais très bien, répéta-t-il.

Dingo hocha la tête.

– Tout le monde va très bien, dit Ralph.

– Tout le monde.

– Dans le monde entier, ajouta Ralph.

– Pourquoi pas ? remarqua Dingo.

Ralph se redressa, se remit sur ses pieds, et partit vers l'escalier en titubant. Soudain, il trébucha et commença à tomber dans l'escalier. Dingo le rattrapa au vol et l'aida à descendre au rez-de-chaussée. Arrivé dans le salon, Ralph repoussa Dingo et déclara :

– Je vais très bien.

– Bien sûr, fit Dingo.

– Quelle heure est-il ? demanda Ralph.

Dingo fit un saut jusqu'à la cuisine. Il en ressortit aussitôt en claironnant :

– Il est trois heures du matin.

– C'est tard, fit Ralph.

– Relativement, dit Dingo.

Ralph se dirigea vers la porte. Il tomba. Se releva. Tomba une seconde fois. Se releva de nouveau. Puis il s'assit par terre les jambes écartées, et déclara :

– C'est sans espoir, mon vieux. Je suis foutu. Continue tout seul. Il y a sûrement une oasis un peu plus loin.

Dingo aida Ralph à se relever. Passant son bras autour de lui, il le maintint sur ses jambes. Puis, en titubant, ils sortirent ensemble de la maison, descendirent les marches, et pattirent d'un pas chancelant dans la rue sombre. Ralph s'écroula. Dingo tomba sur lui. Ils se relevèrent.

– En avant ! fit Dingo.

Lorsqu'ils arrivèrent devant chez Dingo, Ralph s'effondra une fois de plus. Dingo le traîna à l'intérieur de la maison, et le hissa sur le canapé. Puis il s'allongea par terre, sur le dos, au pied du canapé, et ferma les yeux. Moins d'une minute plus tard, il dormait profondément.

Peu avant quatre heures du matin, Lenore descendit la rue, se dirigeant vers la maison. Elle marchait lentement. Epuisée, elle tenait à peine debout. Elle était restée avec l'Italien depuis dix heures du soir. L'Italien habitait un pâté de maisons plus loin. Il avait trente-trois ans. Il était marié, mais il ne vivait pas avec sa femme. C'était un homme d'un mètre quatre-vingt, qui pesait plus de quatre-vingt dix kilos. Il était solide comme un roc. Ses cheveux, comme ses yeux, étaient très noirs et luisants ; son menton et ses joues, bleuïs par une barbe très dure qu'il devait raser deux fois par jour.

L'Italien était contremaître dans le bâtiment. C'était un homme brutal. Lenore l'aimait bien. Elle aimait ses mains. Parfois, il devenait même un peu trop brutal, mais Lenore ne perdait jamais le contrôle de la situation. Quand c'était nécessaire, elle savait le mettre au pas, lui comme les autres. Elle avait des moyens de pression sur chacun des hommes qu'elle fréquentait. Et si jamais ils élevaient la voix, ne serait-ce qu'une seule fois, elle était prête à les dénoncer aussitôt. Ils le savaient bien, tous autant qu'ils étaient. Avant d'ajouter un homme à sa liste, Lenore prenait bien soin d'apprendre quelque chose de compromettant sur son compte. L'Italien, par exemple. Il voulait que sa femme revienne vivre avec lui. C'était une jolie petite brune qui habitait avec leurs deux gosses et la grand-mère dans le quartier sud. Lenore connaissait l'adresse. Elle avait averti l'Italien que si jamais il essayait de lui jouer un sale tour, elle irait tout droit dans le quartier sud et elle cracherait le morceau. Et l'Italien ne reverrait jamais sa femme. A chaque fois que Lenore lui hurlait cette menace aux oreilles, cette grosse brute d'Italien se mettait à pleurer. Lenore se moquait de lui. Elle se moquait de tous les hommes. Et surtout, elle se moquait de Clarence.

Sans cesse, elle répétait à son mari qu'elle le traiterait avec beaucoup plus d'égards s'il se décidait à louer un appartement chic pour eux deux. Alors, et alors seulement, elle changerait d'attitude envers lui. Clarence lui répondait par des bordées d'injures et de hurlements, et depuis quelques temps, il se laissait aller à de véritables crises de rage. Il se mettait à crier, en frappant ses poings l'un contre l'autre, et Lenore restait là, à le regarder en se moquant de lui. Elle n'arrêtait pas de lui dire à quel point il était ridicule. Et elle venait se planter devant le miroir, pratiquement nue, comme si elle ne savait pas que son mari la regardait, et elle promenait ses mains sur son propre corps. Lenore était grasse, mais sa silhouette ne manquait pas d'intérêt. Elle poursuivait son manège jusqu'à ce que Clarence n'en puisse plus. Alors, il descendait au rez-de-chaussée, pour essayer de dormir sur le canapé. Lenore trouvait ça drôle. Elle se disait qu'avant bien longtemps, Clarence irait, avec elle, à la recherche d'un appartement confortable, aux murs couverts de papier jaune, avec un piano, aussi, jaune également. Cela ne tarderait plus. Cette nuit, son mari devait veiller en attendant son retour. Comme toujours, lorsqu'elle allait passer la soirée avec l'Italien ou avec l'un des autres, elle avait dit à Clarence qu'elle devait rendre visite à sa sœur malade. Cette histoire de sœur malade était parfaite. Elle avait vraiment une sœur qui était très malade, et à qui les médecins ne permettaient de voir personne sauf Lenore. Et parfois, elle allait tellement mal que Lenore, trop inquiète pour la laisser seule, devait passer la nuit auprès d'elle.

Epuisée, impatiente de retrouver un lit confortable où elle pourrait traîner toute la journée du lendemain, Lenore entra dans la maison.

Elle découvrit Dingo, allongé sur le dos, à même le plancher. Puis elle entendit un gémissement qui provenait du canapé.

Elle examina l'intrus allongé sur le canapé. Les mains sur les hanches, elle resta un moment à le détailler.

– Qu'est-ce que tu regardes ? demanda Dingo.

Lenore s'écarta d'un pas. Dingo était toujours allongé sur le dos, mais il avait les yeux ouverts. Lenore le fixa. Puis elle dit :

– Qu'est-ce qui te tracasse ?

– Absolument rien, fit Dingo. Comment te sens-tu ?

– Très bien.

– Quel dommage ! dit Dingo.

– Crève !

– Après toi.

– Qui est cet ivrogne, sur le canapé ?

– Ralph. Tu le connais.

Lenore ne bougeait pas, les yeux fixés sur Ralph.

– Ivrogne, répéta-t-elle.

– Ne le réveille pas, fit Dingo.

Lenore se tourna vers lui.

– Et pourquoi j'aurais envie de le réveiller, d'abord ?

– Je n'en sais rien.

– Et qui t'a permis d'amener ce type ici ? Tu te crois où, à propos ?

– Dans une maison.

– Ça ne veut pas dire que tu peux l'amener ici, et le laisser semer la pagaille partout.

– Va te coucher et laisse-moi tranquille.

– Je vais me coucher... Mais au lieu de te laisser tranquille, je vais t'envoyer mon pied dans la figure, espèce de ver de terre visqueux. Franchement, tu as un sacré culot, de ramener des poivrots à la maison, et de les laisser se répandre dans tous les coins...

– Il y en a encore une trentaine dans la cuisine, ajouta Dingo.

– Ce n'est pas l'envie qui me manque de faire sortir ce minable à coups de pied quelque part. Il finira la nuit dans le caniveau. C'est sa place.

– Bonne nuit, fit Dingo.

– Je n'ai pas l'intention de monter tout de suite, aboya Lenore. j'ai deux ou trois choses à te dire avant.

– Eh bien, dis-les vite. Mon temps est limité.

– Je vais t'en donner, moi, du temps. Un de ces jours, je vais te flanquer une beigne pour te clouer le bec. Ça t'apprendra à faire le malin.

– Ce serait une initiative malheureuse.

– Je commence à en avoir vraiment marre de toi et de tes manières, déclara Lenore. Il y a beaucoup de choses dont je commence à avoir marre, dans cette maison. Et si tu crois que je vais continuer à te supporter, tu te trompes lourdement. Je n'ai pas à supporter ce genre de choses, ni de ta part, ni de celle de ta mère. C'est Clarence qui paye le loyer, ici. Et je suis sa femme. On vous fait un cadeau, à toi et à ta mère, en vous laissant habiter ici. Rien ne nous y oblige.

– Fais-moi plaisir, dit Dingo. Monte là-haut et tombe dans l'escalier.

– Qu'est-ce que tu dis, espèce de petit salaud ?

– Surtout, tombe bien de la dernière marche, précisa Dingo.

Il était confortablement installé sur le dos, les mains sous la nuque, les pieds calés sur le rebord du canapé.

Lenore, les mains sur les hanches, le dominait de toute sa hauteur.

– Tu serais content, hein ? Tu serais trop content de me voir dévaler tout un étage. Tu prendrais sûrement ton pied si ça m'arrivait, hein ?

– Sans aucun doute, fit Dingo.

Lenore hurla :

– En attendant, prends toujours le mien !

Son pied partit comme une fusée.

Sur ses gardes, Dingo réagit aussitôt. Roulant sur lui-même, il agrippa la cheville de Lenore et tira de toutes ses forces. La blonde perdit l'équilibre et tomba assise dans un choc sourd. Avec un cri de rage, elle bondit sur Dingo, qui l'esquiva en roulant sur lui-même de nouveau. Lenore trébucha, tomba une seconde fois. Elle se releva très vite, jurant et criant, et s'élança à sa poursuite. Dingo fit un bond jusqu'à la pièce voisine et courut autour de la table. Au premier étage, Clarence et sa mère s'étaient mis à crier, réclamant des explications sur ce remue-ménage. Sans sourire, Dingo adressa un pied de nez à Lenore, puis se fraya habilement un chemin jusqu'au salon, ouvrit la porte, et sortit en courant de la maison.

Lenore n'en pouvait plus. En poussant des jurons, entrecoupés de sanglots, elle se laissa tomber par terre.

Sur le canapé, Ralph se redressa lentement.

Des larmes de rage mêlées de mascara dévalaient les joues de Lenore. Ses cheveux blonds décolorés lui tombaient devant les yeux.

Elle regarda Ralph.

– Ne reste pas assis là, lança-t-elle. Aide-moi à me relever.

Ralph s'approcha d'elle et se pencha pour la soulever. Il saisit Lenore aux poignets, mais elle se libéra aussitôt. Puis ce fut elle qui agrippa les bras de Ralph et l'attira vers elle, pour le contraindre à la tenir sous les aisselles. En se relevant lentement, elle se plaqua contre lui, puis elle passa ses bras autour de la taille de Ralph et commença à se frotter contre lui. Le ventre de la blonde décrivait des cercles, se pressant contre Ralph pour s'écarter ensuite et se coller de nouveau à lui.

Ralph, pris de vertige et l'estomac encore barbouillé, ne comprit pas où elle voulait en venir.

Il crut que la blonde le tenait serré pour l'empêcher de tomber. Mais il n'avait pas besoin d'aide. Il voulait seulement dormir. Se débattant pour échapper à Lenore, il la saisit aux poignets, se libéra de son étreinte, et recula d'un pas.

Lenore le regarda des pieds à la tête. Elle fit la grimace, ses lèvres lourdement maquillées s'écartèrent, puis s'écrasèrent l'une contre l'autre. Les mains sur les hanches, elle lança :

– Mais qu'est-ce que ça veut dire, espèce de sale poivrot minable ?

Ralph vacillait sur ses jambes ; il avait mal à la tête. Il clignait des yeux. La bouche de Lenore se tordit en un sourire bizarre, et, plaçant ses mains contre la poitrine de Ralph, elle le repoussa brutalement.

Il tomba en arrière, heurta violemment un radiateur, et chancela quelques instants. Ses paupières ne clignaient plus, maintenant. Il avait les yeux grands ouverts. En découvrant son regard, Lenore commença à reculer. La tête rentrée dans les épaules, Ralph avança d'un pas. La blonde recula plus vite. Ralph ferma les yeux, les rouvrit, vit Lenore, et les ferma de nouveau pour ne plus la voir. Il frissonnait, maintenant, les paupières closes, et il secouait la tête en se répétant qu'il devait sortir de là le plus vite possible.

Lenore le regarda partir précipitamment. S'approchant de la porte, elle le vit s'éloigner dans la rue. Elle sourit. Lorsqu'elle rentra dans la maison, son sourire s'épanouit, puis s'effaça, et ses lèvres affichèrent une expression satisfaite.

11

Le lendemain dimanche, tard dans l'après-midi, Dingo entra chez Ken, et Ralph arriva quelques minutes plus tard.

Au piano, Ken jouait sa chanson, en chantant les paroles que Ralph lui avait données.

George était allongé sur le canapé, une serviette humide autour de la tête.

– Nom de Dieu de nom de Dieu ! répétait-il.

Ken regarda Ralph et lui demanda :

– Tu sais quelle quantité de whisky tu as bu, hier soir ?

– Aucune idée.

– Je parie que tu en as descendu un bon litre, facilement.

– Je crois que je vais mourir, fit George.

– Tu m'en vois désolé, répondit Dingo.

Ken examina Ralph attentivement.

– Comment te sens-tu ? dit-il.

– Très bien.

– Bon sang... fit George.

– Qu'est-ce que ça veut dire ? demanda Dingo.

S'appuyant contre le rebord de la fenêtre, Ralph annonça :

– A partir de demain, on embauche du personnel aux magasins Blayner. C'est ma sœur qui me l'a dit. Elle a eu le tuyau par une de ses copines qui travaille là-bas. Si on y descend tous, demain matin très tôt, on trouvera peut-être quelque chose.

George se redressa.

– Sans blague ? fit-il.

– Regardez-le, dit Ken. Il est tout excité.

– C’est un boulot, dit George.

– Tu veux venir avec moi demain ? demanda Ralph.

– D’accord.

– Les imbéciles ! fit Ken. Ils vont aller chez Blayner et faire la queue toute la journée. S’ils ont vraiment de la chance, on les embauchera pour le coup de feu des fêtes de Noël. Deux semaines de boulot. Tu parles d’une affaire. Douze dollars cinquante par semaine. A travailler comme des brutes aux expéditions.

– Ça fait vingt-cinq dollars, dit George.

Ralph intervint :

– Tu as travaillé là-bas, l’an dernier, Ken. Ce n’est pas si terrible, non ?

– C’est épouvantable, dit Ken.

– Ouais, je sais, reconnut Ralph, qui mit ses mains dans ses poches et se cala, le dos voûté, contre le rebord de la fenêtre. Mais c’est quand même quelque chose.

– Bien sûr, renchérit George. C’est quelque chose.

– Ce n’est rien du tout, affirma Ken. C’est moins que rien. Je vous vois déjà vous lever à six heures et demie du matin, par un froid glacial...

– Ah, la ferme, dit George.

– ... par un froid glacial, reprit Ken. Je vous vois vous sortir du lit pour descendre jusqu’à cet asile de fous et travailler comme des chiens. Et à la fin de la semaine, on vous donne douze dollars cinquante. Aussi sec, vous retirez soixante-quinze cents pour le métro. Sans oublier le déjeuner. Après une demi-journée de travail chez Blayner, on mange comme quatre.

– Eh bien, on apportera notre déjeuner de chez nous, dit George.

– Je partagerai le mien avec toi, dit Ralph.

– Non, pas question, protesta George.

– Regarde-les, ces deux-là, lança Ken. Ils ont déjà l'air de crever de faim.

– George, insista Ralph, ne t'inquiète pas pour le repas de midi.

– Très bien, les gars, fit Ken. Ne m'écoutez pas. Allez chez Blayner. Faites la queue. Décrochez un boulot de crève-la-faim. Et quand vos deux semaines seront terminées, vous irez à la salle de billard. Vous vous rappelez l'année dernière ? Vous vous souvenez de notre virée à la salle de billard ? A nous trois, on avait à peu près trente-cinq dollars. Deux semaines d'esclavage. Trente-cinq dollars. On s'imaginait qu'on allait leur faire faire des petits. Et on est ressortis de là sans un seul cent.

– Cette fois-ci, dit Ralph, on arrivera peut-être à se faire embaucher à l'année.

– Ouais, compte là-dessus ! Ken eut un geste de dégoût.

George hurla :

– Mais enfin, bon Dieu ! Il faut qu'on réagisse. On ne peut pas rester comme ça ! Si on se bouge un peu, il se passera bien quelque chose !

– Ecoutez-le ! fit Ken. Ecoutez-moi cet abruti. Il est dans tous ses états. Je vais te dire ce qui va se passer : rien du tout. Absolument rien. Dans deux semaines, on te retrouvera au coin de la rue, en train de manger des pistaches, sans un sou en poche. Il n'y a qu'un seul moyen de faire changer tout ça. Si vous voulez qu'il se passe quelque chose, il faut aller au devant des événements.

– Et le voilà reparti ! lança George.

– J'essaie seulement de vous expliquer la situation. Et je vous dis que la seule solution, c'est de se tirer de cette ville de crève-la-faim et de descendre tout droit jusqu'en Floride.

– La Floride, répéta Dingo. La Floride, ses plages de sable fin.

– Ouais, la Floride, insista Ken. C'est là que je vais aller.

– Je viens avec toi, déclara Dingo.

– Vous partez quand ? demanda Ralph.

Ken se leva. Il brandit son mégot de cigarette très haut au-dessus de sa tête, puis son long bras s'abattit comme un fouet, expédiant sur le plancher le mégot qu'il piétina rageusement en répondant :

– Bon Dieu, je pars demain !.

– Je viens avec toi, répéta Dingo.

Ils venaient de partout. De chaque quartier de la ville de la banlieue, des bourgades qui s'étendent au sud et au-delà du fleuve, des îlots industriels noircis par les fumées d'usines, des faubourgs surpeuplés, de tous les coins de Philadelphie, les gens affluaient vers le centre ville, pour se serrer les uns contre les autres dans le froid pénétrant de décembre. Des guirlandes argentées, des feuilles de papier aux couleurs vives décoraient les vitrines brillamment éclairées des magasins de Market Street. Tout le long de la rue, couraient des rangées de lumières multicolores, suspendues aux poteaux télégraphiques. Les haut-parleurs diffusaient des chants de Noël, des tintements de clochettes, et la voix du Père Noël en personne. Dans le froid glacial, la foule s'écoulait, compacte, sur les trottoirs. Tout le monde souriait, ou faisait de son mieux pour sourire. Tous les passants étaient heureux, ou s'efforçaient de l'être. Au-dessus de leurs têtes, les lumières brillaient, des chants joyeux emplissaient l'air. Beaucoup de gens reprenaient les chants à l'unisson. A tous les carrefours, les Pères Noël battaient la semelle pour se réchauffer. Ils soufflaient sur leurs doigts et souriaient aux enfants.

Dans les magasins, les vendeuses transpiraient.

Au service des expéditions, les employés se penchaient pour soulever des colis, couraient en tous sens, coupaient le papier d'emballage, le pliaient, nouaient des ficelles, juraient, lançaient encore, et le manège incessant reprenait de plus belle.

Le flot sonore déversé par les hauts-parleurs s'amenuisait de plus en plus en se frayant un chemin jusque dans les sous-sols où les expéditionnaires préparaient les paquets. Le Père Noël demandait à un petit garçon s'il avait été bien sage.

Ralph souleva un colis et l'expédia dans les bras de Paul, un grand Polonais aux yeux bleus et au visage couvert de taches de rousseur.

Le Père Noël poursuivit :

– Et tu as été gentil avec ta petite sœur ?

– Si j'étais à la place du môme, dit Paul, le Père Noël se prendrait un coup de pied dans les dents.

Ralph ficelait un gros colis avec du chanvre.

Dans la réserve, les employés soulevaient des paquets, les lançaient, en prenaient d'autres, et transpiraient abondamment.

Ralph s'empara d'un colis.

– C'est ta première journée de travail ? demanda Paul.

– Ouais.

– Tu as déjà travaillé ici ?

– A Noël, l'an dernier, dit Ralph. Un petit peu, entre temps. A Pâques aussi.

– Moi, je travaille ici toute l'année, fit Paul.

– Ça te plaît ?

– On ne peut pas rêver mieux, répondit Paul, en s'épongeant le visage.

Ralph souleva un gros colis, en observant :

– Il y en a qui sont vraiment lourds.

– C'est rien, fit Paul. Tu verras ça, quand on va nous demander d'augmenter la cadence.

– A Noël dernier, on était plus nombreux, nota Ralph.

Paul hocha la tête.

– Ouais, c'est bien le problème. L'année dernière, ils avaient embauché plus de monde. Mais cette année, ces espèces de salauds se sont dit qu'ils allaient faire des économies. Ils ont pris moins de types, et ils nous demandent d'accélérer le mouvement. La semaine dernière, il y avait un gars, ici, un certain Sol, fort comme un bœuf. Il venait de se faire engager. Il avait le trac, parce qu'il était resté longtemps au chômage : il avait une femme et deux gosses, et il voulait faire bonne impression. Il avait envie de conserver son boulot. Je lui ai dit de travailler moins vite, parce qu'il allait se crever la paillasse. Il a même pas remarqué que je lui parlais. Et puis, il est arrivé une journée où on a eu encore plus de boulot que d'habitude, et l'un des gros bonnets qui travaillent là-haut est descendu nous dire de nous remuer un peu. Manque de pot, juste à ce moment-là, Sol se tournait les pouces. Le type du premier lui tombe dessus, et lui demande de se magner le train. Si t'avais vu mon Sol sauter en l'air ! Aussitôt, il se met à bosser à cent à l'heure. Il soulève des colis énormes comme une fleur. Il en empoigne un tellement gros qu'on aurait dû se mettre à trois pour le bouger. Et qu'est-ce qui arrive ? Il s'écroule d'un seul coup, comme si la foudre l'avait frappé. Il venait d'attraper une hernie. Et maintenant, il est dans un sacré pétrin.

Ralph tirait sur sa ficelle.

– Après Noël, c'est plus calme.

– Ne t'inquiète pas. Après Noël, tu seras plus là, dit Paul.

– Je m'en doute.

– Et ça vaudra mieux pour toi. C'est pas humain, comme boulot. On devrait dresser des gorilles pour faire ce genre de truc.

Ralph s'esclaffa.

– C'est pas une plaisanterie. Travaille ici pendant trois ans, comme moi, et tu verras que c'est pas une plaisanterire. On fait tout le temps la même chose, d'un bout de l'année à l'autre, avec ces fumiers du premier qui descendent sans arrêt pour nous dire qu'on se la coule douce. Il y en a un surtout, que je peux pas encaisser. Quand il descend ici, il commence aussitôt à nous traiter de tous les noms. Il se prend pour un dur. C'est un type plutôt costaud, la trentaine environ, et on m'a dit qu'il a fait de la boxe, comme amateur. Je comprends pas comment il a pu se faire engager dans les bureaux. Il a rien dans le crâne. Tout ce qu'il sait faire, c'est débarquer ici et nous chercher des crosses. Les types ont tous peur de lui. Pas moi. Je ne suis pas obligé de supporter ses foutaises. A force de me chercher, un de ces jours, il va me trouver. Alors, on verra ce qu'on verra. T'es marié ?

– Non.

– T'as de la chance. Moi, je suis piégé. Si seulement j'avais pas à m'inquiéter de quelqu'un d'autre que moi, je foutrais le camp tout de suite. J'ai que trente-et-un ans. Tu sais ce que je ferais ? Je sauterais dans un train de marchandises, pour descendre jusqu'au Texas. Je me ferais embarquer à bord d'un pétrolier, là-bas, dans le Golfe. Et adieu ! Voilà ce que je ferais. Mais il a fallu que je me marie, et maintenant, elle va avoir un gosse.

Rageusement, Paul tira sur la cordelette entourant un gros colis.

Le Père Noël demandait :

– Et qu'est-ce que tu voudrais que je t'apporte, mon petit ?

– Ah, la ferme ! fit Paul.

La mère de Ralph avait préparé un énorme déjeuner. Elle se demandait pourquoi son fils lui réclamait autant de nourriture. Elle ne savait pas qu'il partageait son repas avec George. Quand il rentrait, le soir, il ne mangeait pas grand-chose. Mrs Creel pensait que c'était à cause de son déjeuner trop copieux. Et elle ne se doutait pas que Ralph était trop fatigué pour manger.

Lorsqu'il rentrait, il s'installait un moment dans le salon pour lire le journal ou écouter la radio. Puis il se rendait chez Ken, où il restait une heure ou deux. Ensuite, il allait au parc, et se promenait autour du lac. Plusieurs fois, il en faisait le tour, puis, sans même s'en rendre compte, il s'éloignait du lac et du parc ; et il partait dans la direction opposée à celle du carrefour, vers une rue étroite et sombre où les maisons formaient un mur ininterrompu de briques gris sale percé de portes et de fenêtres. Il poursuivait son chemin dans cette direction pendant un ou deux pâtés de maisons, puis, s'arrêtant net, il faisait demi-tour et revenait vers le parc.

Exténué, il ne songeait plus qu'à aller dormir.

Chaque jour, le travail devenait plus dur. Dans la réserve, les expéditionnaires suaient sang et eau, et charriaient leurs paquets en poussant des jurons. Un flot incessant de colis circulait dans les deux sens ; certains arrivaient, d'autres repartaient, encore et toujours.

Depuis la rue parvenaient aux employés le bourdonnement de la foule en mouvement, la musique diffusée par les haut-parleurs, les tintements de clochettes et la voix du Père Noël. Dans le sous-sol, on transpirait, on soulevait des colis, on les poussait. Les paquets filaient à toute vitesse. Le Père Noël demandait aux enfants quels cadeaux ils souhaitaient avoir. Les colis tanguaient, valsaient, roulaient et volaient entre la réserve et la salle des expéditions, au milieu des jurons et des odeurs de transpiration. Au dehors, la foule s'écoulait toujours sur les trottoirs encombrés.

– Eh bien, mon petit, demandait le Père Noël, que veux-tu que je t'apporte ?

– Rien. Absolument rien, dit Paul. Ecoutez-moi ce guignol.

Ralph ficela un colis et le poussa vers Paul.

– La cadence s'accélère, maintenant, fit-il.

– Et comment ! répondit Paul.

Un bruit de pas résonna dans l'escalier. Quelqu'un chuchota :

– C'est Fred !

Fred descendait les marches au pas de course. A mi-chemin, il s'arrêta et s'adressa aux employés :

– Alors, tas de feignants ! lança-t-il.

– C'est lui, marmonna Paul, en poussant Ralph du coude. Le type que je peux pas encaisser.

– Magnez-vous, minables, dit Fred en descendant lentement les dernières marches. Vous vous croyez où ? On a déjà pris du retard sur les commandes en urgence. Les camions attendent, et vous vous la coulez douce. Remuez-vous un peu !

Il commença à passer parmi les employés, en leur hurlant aux oreilles, les traitant de tous les noms.

– Qu'est-ce qui va pas, Chuck ? Ça te plait pas, ce que je dis ?

– Fous-moi la paix, Fred. Tu vois bien que je me roule pas les pouces.

– A d'autres ! Appuie un peu sur le champignon, sinon, tu pourras peut-être pas payer ton loyer le mois prochain.

Chuck empoigna la ficelle, la passa autour d'un colis.

Fred fit le tour de la pièce, en aboyant des ordres.

– Allons, allons ! Plus vite !

Se penchant vers Ralph, Paul lui glissa :

– Je le supporte plus. J'en ai déjà jusque là.

– Ne t'énerve pas, fit Ralph.

Paul poussa un paquet vers un autre employé. Fred vint se planter devant lui, les poings sur les hanches, et se mit à l'observer. Recevant un colis des mains de Ralph, Paul le marqua d'un coup de crayon et tendit les bras pour recevoir le suivant.

– Te presse pas, surtout, dit Fred. On a tout notre temps. C'est pas la peine de te fatiguer.

Paul voulut saisir le paquet suivant, mais celui-ci lui glissa entre les doigts ; en voulant le rattraper au vol, il le heurta du genou, enfonçant l'emballage en carton qui se déchira un peu.

– C'est ça ! dit Fred. Tu te presses pas trop, et puis tu continues à nous fignoler le boulot.

Paul se retourna brusquement.

– Et si tu allais te faire voir ailleurs ?

– C'est à moi que tu parles ? demanda Fred en souriant.

Les autres s'arrêtèrent de travailler et relevèrent la tête.

– J'parle pas à ta grand-mère, répondit Paul.

S'avançant vers lui, Fred le frappa sèchement à l'estomac. Paul se plia en deux, et Fred lui asséna un crochet du gauche au visage, et une droite en plein dans l'œil. Paul s'effondra. Se baissant, Fred le saisit par les cheveux et lui expédia une droite à la mâchoire. Paul s'écroula de nouveau. Fred le releva une seconde fois. Paul avait la bouche en sang.

Ralph s'interposa :

– Ça suffit, dit-il.

– Ah ouais ? fit Fred. Ecarte-toi.

Ralph ne bougea pas.

– C'est terminé, insista-t-il.

Les autres se massèrent autour d'eux. Certains des employés repoussaient déjà les cartons et les colis pour faire de la place. Quelques-uns aidèrent Paul à se relever. Paul déclara :

– Je suis pas cuit, faut pas croire.

– T'as sacrément raison, dit Fred. T'es loin d'être cuit. C'était seulement un avant-goût.

– Oh, arrête ton cirque, lança l'un des hommes.

– Laisse-le tranquille, Fred, dit un autre.

– J'ai pas peur de lui, affirma Paul.

Mais il tremblait, le souffle rauque. Il avait très mal et il était terrifié. Le sang jaillissait de ses narines et de sa bouche.

– Faites-moi de la place, dit Fred. J'ai besoin de beaucoup de place.

Ralph resta entre Fred et Paul.

– Sors-toi de là, ordonna Fred.

Penché en avant, en position de combat, il sautillait d'une jambe sur l'autre. Ses poings décrivaient des cercles devant son visage.

– Arrête ça, fit Ralph. C'est terminé. Il est blessé.

– Je vais très bien, dit Paul. J'ai pas peur de lui.

– Tu vas me dégager le plancher, espèce de fils de pute ? demanda Fred.

S'approchant de Ralph à le toucher, il brandit sa droite, prêt à frapper.

– Fais gaffe, Ralph, lança Paul.

Fred lança son poing. Ralph le reçut sur le côté de la mâchoire, et, tombant en arrière, atterrit contre une pile de cartons. Il se releva aussitôt, écarta Paul de son chemin. Paul essaya de rentrer dans le cercle, mais les autres le retenaient.

– Regardez bien sa belle gueule, dit Fred en désignant Ralph. Quand j'en aurai fini avec lui, il ne restera plus que de la purée.

Se ruant sur lui, Ralph lui asséna une droite entre les deux yeux. Fred cligna des paupières et releva les mains. Ralph lança ses deux poings à travers sa garde, et Fred reçut une droite sur la bouche et une autre sur la mâchoire. Il tira son bras en arrière pour frapper Ralph à la tête, donnant du même coup une ouverture à son adversaire, et encaissa une droite dans l'œil, une autre sur le nez, puis un gauche qui atteignit l'œil déjà touché.

Le souffle court, Fred recula d'un pas.

– Fais-lui sa fête ! Fais-lui sa fête ! hurlaient les autres.

Fred savait que ces cris n'étaient pas pour lui. Il se demandait qui était ce salopard, en face de lui. Il avait déjà la tête en feu. C'était comme si on lui avait déversé du plomb brûlant dans les narines. Quant à son œil, les élancements qui le transperçaient étaient pareils à des coups de marteau. Mais il avait un avantage d'au moins vingt kilos sur cet imbécile. Tout ce qu'il lui fallait, c'était une bonne ouverture.

Fred repartit à l'attaque. Il lança une droite, et manqua son but. Son gauche ne trouva que le vide. Il encaissa deux autres droites au visage et un gauche sur le nez. Il saignait. S'accrochant à son adversaire, il le coinça contre lui, pour lui marteler les reins de la droite et lui défoncer les côtes du gauche, en essayant de lui donner des coups de tête au visage. Ralph libéra un de ses poings et le propulsa vers le haut, touchant Fred sous le menton. Le corps-à-corps cessa aussitôt. Fred recula. Ralph se jeta sur lui, lui expédiant son gauche en pleine poitrine d'abord, puis à la mâchoire. Fred s'écroula.

Des autres pièces, de nouveaux spectateurs arrivaient en courant, pour s'entasser autour du cercle où se déroulait le combat. Pour mieux voir, certains grimpaient sur des caisses et des cartons. Tout le monde hurlait.

– Bravo, Ralph !

– Règle-lui son compte, Ralph !

– Arrache-lui la tête, à ce fumier !

– Casse-lui la gueule !

Fred s'était relevé. Il s'approchait lentement. Ralph anticipa son attaque : il se rua en avant et lui lança un direct au visage. Mais Fred était prêt. Esquivant le coup, il avança sur Ralph, s'accrocha à lui. De nouveau, il lui martela les reins du droit, et lui défonça les côtes du gauche. La douleur transperça Ralph, et pendant un instant, il ferma les yeux. C'est alors que Fred lui donna un coup de tête. Le crâne de Fred frappa Ralph au front. Ralph s'effondra. Se jetant sur lui, Fred lui écrasa la gorge de son avant-bras.

Ralph glissa une main sous le bras de Fred, les doigts écartés en fourchette, et la remonta vivement. Son index se planta dans l'œil blessé de Fred, qui poussa un hurlement et, lâchant prise, roula sur lui-même. Ralph bascula avec lui. Fred tenta de ramper pour lui échapper. Ralph l'attrapa par le cou, le retourna, et lui écrasa sa droite sur le nez. Le sang jaillit.

Ils roulèrent de nouveau, se cognant contre une rangée de caisses. Fred, passant un bras entre les jambes de Ralph, le souleva très haut au-dessus de lui, et l'expédia de toutes ses forces contre une pile de cartons. Ralph se releva lentement. Fred bondit sur lui, prêt à recommencer la même manœuvre. Mais Ralph releva son genou en un éclair, et la tête de Fred partit en arrière avec un craquement sec.

– Bon Dieu... mais séparez-les ! cria quelqu'un.

– Laissez-les terminer, dit un autre.

Empoignant une caisse, Fred la lança sur Ralph. Celui-ci baissa la tête, et la caisse passa en sifflant au-dessus de lui. Puis il sauta sur Fred. En poussant un grognement, saignant abondamment de la bouche et du nez, Fred lança un droit à mi-distance. Il manqua son but. Les deux hommes roulèrent à terre de nouveau, en donnant des ruades, se tortillant comme des vers. De nouveau, Ralph fit une fourchette à Fred, et comme la première fois, son index s'enfonça dans l'œil blessé. En hurlant, Fred plaqua ses deux mains sur son visage pour se protéger, s'éloignant de son adversaire. Ralph roula sur lui-même et se releva aussitôt. Fred recula. Ralph le chargea, lui rentra dedans, et ils roulèrent au sol encore une fois. Du haut des piles, des cartons basculèrent et leur tombèrent dessus. Il se relevèrent, se bourrant mutuellement de coups. Fred, à bout de souffle, couvert de sang, commença à tomber. Mais Ralph ne lui en laissa pas le temps : il le souleva d'un uppercut. De nouveau, Fred tomba doucement. Et Ralph, brandissant son poing loin derrière lui, le frappa au menton de toutes ses forces.

C'était fini. Fred avait perdu connaissance.

Ralph ne s'en était pas rendu compte. De tous côtés, on essayait de le retenir, pour l'arrêter. Ralph ne voulait pas s'arrêter. Il avait encore beaucoup de choses à faire. Il n'était pas question qu'on l'en empêche. On lui tenait les bras ; il ne pouvait plus les remuer. Il se débattait, lançait des coups de pied. Dégageant l'un de ses bras, il frappa quelqu'un à la poitrine. On le forçait à reculer. Des flots de rouge coulaient de quelque part, et cela luisait parce que c'était humide, et à l'endroit d'où cela venait, il ressentait une douleur terrible, comme si on enfonçait lentement une lame en lui. Malgré tout, il avait encore beaucoup à faire, et il voulait qu'on le laisse tranquille.

A force de le pousser, de le tirer, de le traîner, les autres finirent par clouer Ralph au sol. Ils essayèrent de lui parler.

– C'est fini, terminé. Calme-toi.

– Il ne t'entend même pas, Joe.

Un seau d'eau froide gifla Ralph tout à coup.

Il cligna des paupières, et sentit que ses dents étaient serrées, mâchoires bloquées. Il ferma les yeux. Les ouvrant de nouveau, il vit clairement ce qui l'entourait, comme si, l'instant d'avant, il avait regardé à travers un rideau qu'on aurait brusquement tiré. Tout était net, de nouveau. Il cligna des yeux une fois de plus. Sa tête lui faisait mal, et sa poitrine aussi, et son ventre, et tout son corps. Ses paupières battirent encore.

– Ça va mieux, maintenant, dit l'un des hommes.

– Un autre seau d'eau.

– Non, ça ira comme ça, dit George en fendant la foule. Laissez-moi m'occuper de lui.

– C'est un copain à toi ?

– Ouais, fit George.

Ralph s'assit, secouant lentement la tête. Il contempla le plancher.

– Tout va bien, maintenant, dit George.

Ralph hocha la tête. George l'aida à se relever.

– Comment tu te sens ? demanda l'un des employés.

– Ça va, répondit Ralph.

Il regarda le sang et la salive tomber de ses lèvres.

Des messieurs en col dur et costumes sombres impeccables descendaient l'escalier. Ils arboraient des fleurs blanches à leurs boutonnières. L'air soucieux, ils se hâtèrent de franchir les dernières marches pour demander :

– Que se passe-t-il donc, ici ?

Les hommes aux visages sales et aux mains calleuses ne répondirent pas. Comme s'ils avaient longuement et soigneusement répété la scène, ils se reculèrent tous en même temps pour dégager le passage. Et c'est ce passage qu'empruntèrent les costumes sombres et les cols durs, d'un pas vif et alerte, l'air toujours soucieux, pour finalement tomber en arrêt devant la forme étendue sur le sol.

Fred était allongé sur le dos, les bras en croix. Ses yeux fermés, tuméfiés, étaient vert foncé et violacés par endroits. Son nez était en bouillie, ses lèvres enflées, éclatées. Ses vêtements étaient tachés de sang. De grosses gouttes de sang séchaient sur ses chaussures.

L'un des cols durs porta une main à son visage en murmurant :

– Oh, mon Dieu...

Un autre col dur se tourna vers les visages sales et demanda :

– Qu'est-ce que ça signifie ?

Les visages sales sourirent. L'un d'eux laissa échapper un ricanement.

– Vous êtes renvoyé !

– Vraiment ? fit le visage sale. Serrant les poings, il avança d'un pas. C'est parfait. Avant de partir, je vais vous laisser un petit cadeau de Noël.

– Voyons, voyons, ne nous énervons pas... fit le col dur.

Un autre col dur, penché sur Fred, déclara :

– Nous ferions mieux d'appeler un médecin pour examiner cet homme.

Depuis la rue leur parvenait le bruit de la foule,

les chants de Noël et le tintement des clochettes. Et la voix du Père Noël. Les voix des enfants. Les sons tourbillonnaient au-dessus des masses en mouvement dans la rue noire de monde, sous les lampes aux couleurs vives et le ciel gris et froid.

– J'aurais bien voulu être là, pour assister au spectacle, dit Ken.

George regarda le plancher en secouant lentement la tête.

– Je ne sais pas, fit-il. D'une certaine façon, je regrette de l'avoir vu.

– Qu'est-ce que tu veux dire ?

– Je n'en sais rien.

– Allons, tu as bien une idée ? demanda Ken.

Pendant un moment, ils gardèrent le silence.

Puis Ken reprit :

– Je crois que je comprends ce que tu veux dire.

George secouait toujours la tête.

– Voir Ralph comme ça. Simplement le voir dans cet état là. Ça m'a presque fait peur. Si tu l'avais vu ! Ce regard ! Je ne sais pas...

– Tu n'aurais pas pu l'arrêter ? demanda Ken.

George secoua la tête.

– Personne n'avait envie de l'arrêter. Et quand ils ont voulu le faire, ils ont dû s'y mettre à douze pour le calmer.

Ken acquiesça lentement.

– Je me rappelle, un jour, quand on était gosses, il...

– Moi aussi, dit George, je me rappelle des tas d'histoires comme ça. Une fois, il...

Ils se turent, et échangèrent un regard.

– Sacré nom de Dieu ! fit Ken.

Ils ne dirent plus rien pendant quelques instants. Puis George ajouta :

– Ils ont emmené le fameux Fred à l'hôpital.

– Et Ralph ?

– Il s'est fait virer.

Dingo entra.

– Que la paix soit avec vous, lança-t-il.

– Va te faire voir, dit Ken.

– Où est Ralph ? demanda Dingo.

George lui apprit ce qui s'était passé le jour même.

Dingo se roula une cigarette.

– Qu'est-ce que ça veut dire ? fit-il.

Assis sur le bord du lit, Ralph regardait la feuille de papier sur laquelle il avait écrit les paroles d'une chanson. Elles donneraient peut-être une idée à Ken pour trouver une musique. Mais en fait, cela lui était égal que Ken ait une idée ou non. Il se demanda pourquoi il avait écrit ces paroles. Puisque, de toute façon, il finirait par déchirer la feuille. Ralph porta la pointe du crayon à ses lèvres. Lentement, il l'abaissa vers le papier.

La porte s'ouvrit, laissant apparaître Addie.

Ralph leva les yeux, vit sa sœur, et lui demanda :

– Qu'est-ce que tu veux ?

– M'man a dit que tu t'étais battu, à ton travail, et qu'on t'avait renvoyé.

– C'est vrai. Fous-moi le camp d'ici.

– Ce n'est pas une façon de me parler.

– Va-t-en.

– Je viens lui dire que je suis désolée pour lui, et voilà comment il me reçoit !

Evvie longea le couloir et entra dans la chambre

à son tour. Son visage était rouge, à cause du froid qu'il faisait au-dehors.

Regardant Ralph, elle demanda :

– Qu'est-ce que c'est que cette histoire qu'on m'a racontée sur ton compte ?

– Si on te l'a déjà racontée, dit Ralph, pourquoi tu me poses la question ?

– C'est une honte, décréta Evvie.

– Ouais, fit Addie.

– Très bien, dit Ralph. Maintenant, allez vous faire voir ailleurs, toutes les deux.

Les deux sœurs sortirent de la chambre, et reprirent le couloir en parlant bien fort.

Mrs Creel monta voir Ralph à son tour.

– Montre-moi tes mains. Il faudrait peut-être te mettre un bandage autour des articulations.

– M'man, laisse-moi tranquille, s'il te plaît.

– Il n'en est pas question. Si tu es blessé aux mains, il faut mettre un bandage.

– M'man, tu veux bien me laisser tranquille, dis ?

– Je te laisserai tranquille si tu me promets que tu mettras le bandage toi-même. Enfin, grands Dieux ! J'aurais espéré qu'à ton âge, tu aurais assez de jugeotte pour ne pas te fourrer dans des situations pareilles.

– Très bien, M'man. Tu m'as déjà dit tout ça. Maintenant, laisse-moi tranquille, tu veux bien ?

En maugréant, Mrs Creel sortit de la chambre et redescendit au rez-de-chaussée. Elle se mit aussitôt à houspiller son mari. Elle lui dit de monter au premier, et de faire la leçon à son fils une bonne fois. Mr. Creel était très fatigué par une dure journée de travail, et il voulait avoir la paix.

Finalement, il posa son journal et demanda à sa femme de se taire. Addie et Evvie se mirent de la partie. Comme les trois femmes ne cessaient pas de l'invectiver, Mr. Creel céda.

Il monta au premier et entra dans la chambre, refermant la porte derrière lui.

Ralph leva les yeux.

– Bonjour, P'pa.

– Il paraît que tu as eu des ennuis, aujourd'hui ?

– Ouais.

Mettant la main à sa poche, Ralph ajouta :

– Ils m'ont donné ma paye de la semaine. Tiens.

Il tendit l'argent à son père.

Mr. Creel regarda l'enveloppe et secoua la tête.

– Garde-le, dit-il.

– Non, P'pa. Prends-le.

– Garde-le pour toi.

– Tu connais un endroit où je pourrais trouver un autre boulot ?

– J'aimerais bien. Si seulement je pouvais te trouver quelque chose...

– Tiens, P'pa prends ce fric. Donne-le à M'man, pour la maison.

– Non, je veux que tu le gardes pour toi.

Ralph remit l'enveloppe dans sa poche. Il regarda le plancher.

Lentement, Mr. Creel se détourna et sortit de la chambre. De retour dans le salon, il s'installa de nouveau sur le canapé et reprit son journal. Sortant de la cuisine, sa femme demanda :

– Alors, qu'est-ce que tu lui as dit ?

– Beaucoup de choses, répondit Mr. Creel. Et maintenant, bon sang, tu veux bien me laisser lire mon journal ?

Il n'y avait personne au coin de la rue. Ralph entra chez le père Silver pour acheter un paquet de cigarettes. Puis il ressortit de la boutique et resta au carrefour. Quand sa cigarette fut à moitié fumée, il la jeta par terre et l'écrasa du pied. Quelques minutes plus tard, il en alluma une seconde. Il se dit que les autres devaient être chez Ken. Il n'avait pas envie de les voir. L'un de ses reins le faisait souffrir. Il avait mal au creux de l'estomac. Une mauvaise migraine lui martelait le crâne. Sa bouche aussi était douloureuse. Ses mains étaient à vif, les muscles de ses bras perclus de courbatures. Il n'avait pas dîné, et il avait faim, maintenant. Mais il savait bien que si on lui présentait un repas, il serait incapable d'y toucher. Il se demanda ce qu'il allait faire.

Peut-être devrait-il rentrer chez lui et se coucher. Ou bien rejoindre les autres chez Ken. Ou encore aller faire un tour. Il était totalement incapable de se décider.

Une autre cigarette. Deux gosses descendaient la rue, en se disputant. Le premier disait à l'autre qu'il ne connaissait rien au basket-ball. Il faisait très froid. La douleur était lancinante. Ralph mit les mains dans ses poches et, s'adossant au mur, il regarda la rue. Son mal de tête s'atténuait, mais sa douleur au rein empirait. Il se demanda s'il devrait voir un docteur, pour son rein. Il ne fallait pas plaisanter, avec les reins. Sortant les mains de ses poches, Ralph examina ses articulations. Il aurait peut-être dû écouter sa mère, et se bander les mains. Les articulations étaient à vif. Il les avait désinfectées à l'eau oxygénée avant de les badigeonner avec du mercurochrome. Il aurait sans doute mieux fait de les protéger avec un bandage. A moins qu'il vaille mieux laisser l'air froid sécher les plaies. Ralph garda ses mains hors de ses poches. Le vent glacé fouilla les coupures, et cela lui fit mal. Il ne savait toujours pas quoi faire. Son rein allait un peu mieux, maintenant, mais il avait de nouveau mal à la tête. Il scruta la rue dans les deux sens. Elle était vide. Une voiture passa au ralenti, remplie de gens qui faisaient beaucoup de bruit. Ralph regarda la voiture. Il la suivit des yeux tandis qu'elle remontait la rue en douceur. Il eut l'impression qu'elle allait faire demi-tour et revenir vers lui, et que les inconnus allaient lui dire de se joindre à eux. Il se demanda où ils allaient, en regardant la voiture disparaître dans la nuit, au bout de la rue. Il se tassa contre le mur, les yeux fixés sur le trottoir. Puis il s'éloigna du carrefour, et alla jusqu'au parc. Il s'approcha du bord du lac. Il était tout seul, ici. La nuit était très froide et très sombre. Ralph fit lentement le tour du lac. La douleur se faisait moins violente, moins lancinante ; elle semblait se dissoudre peu à peu. Il marchait d'un pas très lent, en regardant l'eau noire et immobile. Par endroits, le lac était gelé. La glace scintillait, lançant des étincelles froides qui déchiraient les ténèbres. Balayant le parc et le lac, le vent murmurait dans les branches rabougries des arbres gelés. A travers le motif étrange d'un buisson dénudé, clignogaient deux lumières. Celles de deux réverbères, loin, de l'autre côté du parc. Deux lumières d'un jaune doré. Ralph savait bien que ce n'était pas leur vraie couleur. En fait, elles étaient d'un blanc cru. Mais c'était de cette façon qu'il les voyait. Comme deux yeux dorés perdus dans le vague. Et en les fixant,

Ralph voyait aussi une chevelure blonde aux contours flous. Détournant le regard des lumières blanches passées au crible du buisson froid et figé, Ralph fit lentement le tour du lac.

12

C'était trois jours après Noël. Ken était seul chez lui. Ses parents se trouvaient encore à Vineland. Ils y resteraient sans doute deux semaines de plus, peut-être trois. Ken avait soixante-sept cents pour toute fortune. Deux fois, déjà, il avait emprunté de l'argent à sa sœur – celle qui habitait le quartier ouest – et il se demandait comment il pourrait de nouveau faire appel à elle. George était reparti chez lui cinq jours plus tôt. Son père avait dit que, pour la fête de Noël, il voulait voir son fils rentrer à la maison. Maintenant, Ken se retrouvait seul.

Il était assis au piano. Tirant une longue bouffée de sa cigarette, il la posa sur le dessus de l'instrument et laissa ses doigts effleurer les touches. Il se mit à jouer lentement, paresseusement, en manquant beaucoup de notes. Il regarda au dehors. Il neigeait. La neige n'avait pas cessé de tomber depuis la veille, en début de soirée. Le regard mauvais, Ken contempla la neige et le froid. Il pensa à la Floride. Se retournant, il jeta un coup d'œil au réveil, sur la cheminée. Il était deux heures de l'après-midi. Ken plaqua quelques accords ; puis, fronçant les sourcils, il se mit à égrener quelques notes d'un seul doigt. Balayant le dessus du piano, il chercha un crayon, mais n'en trouva pas. Il fonça jusqu'à la cuisine. A côté des casseroles, il en découvrit un petit. Il rafla un bout de papier d'emballage, et revint en courant dans le salon. Dingo était installé sur le canapé, en train de manger du céleri.

– Qu'est-ce que c'est ? demanda Ken.

– On appelle ça du céleri.

– Où tu l'as trouvé ?

– Chez moi, répondit Dingo. Tu en veux ?

Plongeant la main dans la poche intérieure de son pardessus, il en extirpa quelques branches de céleri.

– Viens à la cuisine, fit Ken. On va le manger avec du sel.

Dans la cuisine, ils mouillèrent le céleri pour que le sel y adhère, et se mirent à le mâcher consciencieusement.

Ken désigna la fenêtre.

– Regarde cette saloperie de neige, dit-il.

– C'est joli, fit Dingo.

Ken retourna dans le salon avec son crayon et son bout de papier. Au piano, il égrena quelques notes et commença à tracer des traits sur le papier.

Dans la cuisine, Dingo regardait tomber la neige, à travers la fenêtre. La neige était une armée en marche, qui descendait une grande colline. Dans la vallée, l'ennemi attendait. Au fond de la vallée blanche, tout en bas, une grande bataille allait avoir lieu. Et l'armée des soldats blancs descendait la grande colline. Elle descendait toujours.

Au piano, Ken, sourcils froncés, frappait lentement les touches.

La porte s'ouvrit. Ralph entra.

– Ecoute ça, fit Ken.

Il joua quelques mesures.

– Fais-le moi entendre encore une fois, dit Ralph.

Ken s'exécuta.

– C'est tout ? s'étonna Ralph.

– C'est juste un début.

Ken se retourna, en faisant pivoter son tabouret de piano.

– Où est-ce que tu t'étais planqué ? demanda-t-il.

– Pas loin.

– La dernière fois qu'on t'a vu, c'était deux jours avant Noël.

– Je crois que j'ai dû tout simplement oublier de venir. Je suis allé voir George.

– Tu as passé un bon Noël ?

– Ouais, fit Ralph. Mes grands-parents sont venus de Doylestown. Mon grand-père a apporté quelques bouteilles de vin. Mon vieux a commencé à picoler. Il était marrant. Ma mère s'est mise en colère mais il n'arrêtait pas de la faire rire. Tout le monde riait. Puis mon grand-père s'y est mis aussi. (Ralph s'esclaffa). Le pépé a une sacrée descente, et avant de s'en rendre compte, il s'est retrouvé avec une bonne cuite. Mon père et lui n'ont pas tardé à s'entendre pour mettre de l'ambiance, et ils nous ont fait un vrai numéro de comiques. Ma sœur Evvie s'est fâchée, parce qu'elle avait invité ce type, là, Mayhew, à la maison. Son chef de rayon. Ils vont se fiancer. Evvie demandait à mon grand-père de se tenir correctement. Et pendant qu'elle lui hurlait ça aux oreilles, le pépé s'est endormi.

Ken rit.

– Peut-être que ce Mayhew pourra te trouver du

boulot, dit-il.

– Peut-être.

– Quel genre de type c'est ?

– Plutôt crâneur, répondit Ralph. Mais je crois que ce n'est pas le mauvais bougre.

– Qu'est-ce que tu as eu pour Noël ? demanda Ken.

– Mes parents m'ont offert deux chemises, ma sœur Evvie m'a donné une cravate, et Addie, des mouchoirs.

Avec sa semaine de salaire chez Blayner, Ralph avait acheté un chapeau pour son père, une broche pour sa mère, un nécessaire de manucure pour Evvie, et une bouteille de parfum pour Addie. Après quoi, il lui était resté un dollar et demi. Il avait acheté un bracelet. Il n'avait pas mis de carte dans la boîte. Il ne voulait pas qu'elle sache qu'il lui envoyait un cadeau de Noël. Et Ralph avait expédié le paquet à une certaine adresse, celle de la septième maison après le coin d'une petite rue sombre.

Ken expliquait :

– J'ai envoyé à mon Vieux un superbe cadeau de Noël. On a reçu une facture de gaz. Il se met dans tous ses états quand il voit ce qu'on dépense pour le gaz. Alors, je lui ai envoyé la facture à Vineland, et dessus, j'ai marqué : « Joyeux Noël. » Il doit être fou de rage. Je le vois d'ici.

George entra en secouant son manteau et ses jambes de pantalon pour en faire tomber la neige. Il porta la main à sa poche, en sortit deux billets de un dollar, et les tendit à Ken.

– C'est pour quoi faire ? dit Ken.

– Pour payer ma pension.

– Fiche le camp d'ici.

– Allez ! fit George, en poussant les billets vers lui.

– Fous-moi la paix, dit Ken.

– Tu sais bien que tu as besoin de ce fric, insista George.

– D'accord, mais il n'est pas question que tu m'en fasses cadeau. Tu peux me le prêter, si tu veux.

– Alors, je te le prête, dit George en lui mettant de force les billets dans la main.

Dingo sortit de la cuisine.

– Demain, c'est samedi, annonça-t-il.

– Formidable, dit Ken.

– On va organiser une soirée, proposa Dingo.

– J'ai une bonne idée, fit Ken. On va rappeler les filles qui nous ont posé un lapin la dernière fois. Quand elles arriveront ici, on les attendra avec des gourdins et on leur fracassera le crâne.

– Ça serait bien, dit George.

– Je vais vous trouver quelque chose d'entièrement nouveau, déclara Dingo.

Il tourna les pages de l'annuaire, vit un nom, et regarda l'adresse.

– Tu as ce que tu cherches ? demanda Ken.

– Voilà qui promet d'être tout à fait remarquable, annonça Dingo.

George et Ken s'esclaffèrent.

Dingo composa le numéro.

A l'autre bout de la ligne, une voix féminine répondit.

– Allô ? dit l'inconnue.

– Allô ? fit Dingo.

– Qui est à l'appareil ?

– Un vieil ami, répondit Dingo.

– Qui ?

– Philip Wilkin.

– Qui ça ?

– Vous savez bien... Philip Wilkin.

– Je ne connais pas de Philip Wilkin.

– Vous n'avez pas de mémoire.

– Quel nom m'avez-vous dit ?

– Philip Wilkin.Jetant un coup d'œil à l'adresse, Dingo ajouta : C'est Theresa Jones qui nous a présentés.

– Qui est Theresa Jones ?

– Maintenant, j'ai la preuve que vous n'avez pas de mémoire, dit Dingo. Theresa habitait pas loin de chez vous, dans Nedley Street.

– Cela remonte à quand ?

– Il y a environ dix ans, mais je ne vous ai jamais oubliée.

– Comment ?

– Je disais que je ne vous ai jamais oubliée.

– Mais qu'est-ce que vous racontez ?

– Je suis un brillant ingénieur-système.

– Quoi ?

– J'aimerais vous revoir, dit Dingo.

– Ecoutez, si vous êtes un de ces petits plaisantins qui s'amusent à monter des canulars, je vous préviens...

– Votre attitude me déçoit.

– Ecoutez-moi un peu, espèce de petit malin. Je suis une veuve respectable et j'ai cinq grands enfants. Mes deux fils font un mètre quatre-vingt, ils pèsent près de cent kilos chacun, et j'ai bien envie de...

Dingo raccrocha violemment le récepteur.

– C'est une veuve, expliqua-t-il. Elle pèse cent

kilos.

Il tourna les pages de l'annuaire.

– Voilà du nouveau, dit-il.

Il composa un numéro.

– Allô ?

– Allô ? Ici, Philip Wilkin.

– Qui ?

– Philip Wilkin, un vieil ami.

– Ouais ?

– Bien sûr. Je vous ai rencontrée au Gardénia Dancing. Vous vous rappelez ?

– Ecoutez, je n'ai jamais mis les pieds au Gardénia Dancing. A quel genre de traînée croyez-vous avoir affaire ?

– Voyons, je vous en prie. Couvrant le microphone de la main, Dingo dit à ses amis : C'est dans la poche.

– Mais qui êtes-vous ? demanda la fille.

– Je vous l'ai dit. Philip Wilkin.

– Je ne connais pas de Philip Wilkin.

– Eh bien, j'ai dû me tromper de numéro, fit Dingo.

– Alors...

Dingo laissa passer quelques secondes. Puis, lissant ses cheveux luisants de graisse, il ajouta à voix basse :

– Vous avez une très jolie voix.

– Merci.

– J'aimerais vous rencontrer.

– Vraiment ?

– Oui, j'aimerais vous rencontrer. Je suis en ville pour un court voyage d'affaires. Je suis venu assister à un congrès d'ingénieurs-système. Plusieurs de mes associés sont ici avec moi. Aimeriez-vous que vos amies fassent leur connaissance ? Ce sont tous des ingénieurs-système.

– Ecoutez, si vous êtes un homme d'affaires aussi important, comment se fait-il que vous soyez déjà allé au Gardénia Dancing ?

– Je suis extrêmement pressé, fit Dingo. J'ai un rendez-vous important, et je n'ai pas une minute à perdre. Il faut que vous veniez avec trois de vos amies demain. Nous organisons une grande soirée.

– Où ?

Dingo lui donna l'adresse, puis il ajouta :

– Maintenant, je veux que vous me disiez de façon sûre si vous viendrez avec vos amies, afin que je puisse communiquer au traiteur le nombre de couverts à servir.

– Pourquoi ne venez-vous pas chez moi ?

– Je suis très pressé, fit Dingo. Vous venez à notre soirée ? Oui ou non ?

– Eh bien... oui, mais...

Dingo raccrocha brusquement.

– Tout est réglé, annonça-t-il.

13

En arrivant chez Ken, le samedi soir, Ralph ne vit aucune lumière briller dans la maison. Il se demanda où étaient passés les trois compères, et ce qu'était devenue la fameuse soirée. Il sonna plusieurs fois, mais personne ne répondit. Levant la tête, il examina le premier étage. Toutes les fenêtres étaient noires.

Il décida d'aller chez Dingo.

Il faisait très froid, dehors. Sur le trottoir, la neige durcissait, pour former une croûte blanche aussi brillante qu'une patinoire. Le long de la chaussée, en revanche, elle s'amoncelait en talus assez hauts. Dans les rues, les pneus des automobiles munies de chaînes lançaient des étincelles dans un bruit de ferraille en retrouvant les portions de bitume dégagées par le chasse-neige.

L'air froid et sec s'engouffrait dans la bouche de Ralph, et jusqu'au fond de ses poumons, et lui montait à la tête. Au fond de lui, il se sentait léger, l'esprit clair.

Il était minuit moins le quart. Lenore, seule à la maison, se trouvait dans sa chambre. Elle n'était pas fatiguée. Elle n'avait pas envie de dormir. Mais elle n'avait rien d'autre à faire. Lorsqu'elle était rentrée, un peu plus tôt dans la soirée, elle avait trouvé un mot de Clarence lui apprenant qu'il allait au cinéma. Lenore savait bien ce qu'il ferait après le film. D'une manière ou d'une autre, il fallait bien que son mari arrive à faire l'amour de temps en temps. Même s'il devait payer pour ça. A cette idée, Lenore exulta. Demain matin, Clarence rentrerait à la maison avec un air sinistre. La blonde adorait le voir malheureux comme un chien.

Descendant au rez-de-chaussée, elle se rendit à la cuisine. Dans la glacière derrière le compartiment à glace, il y avait un espace où elle cachait sa réserve de provisions. Personne ne le savait. C'était sa troisième cachette. Dingo avait découvert les deux autres. Mais celle-là, ce petit salopard ne la trouverait pas. Lenore y passa la main, en ressortit de la viande froide emballée dans du papier huilé, et se prépara un épais sandwich. Puis elle en confectionna deux autres. Elle se fit aussi de la limonade, pour boire avec les sandwiches. En fouillant dans la cuisine, elle trouva des petits gâteaux dans la boîte à pain, et les dévora aussi.

De retour dans sa chambre, elle vint se planter devant la glace pour s'admirer. Tout en passant ses doigts dans son épaisse chevelure blonde, elle promena sa langue sur ses lèvres, et se demanda ce qu'elle pourrait bien faire au lieu d'aller au lit. Elle se gratta sous le bras, et elle commençait à se déshabiller quand la sonnette retentit.

C'était sans doute sa belle-mère qui avait oublié ses clés. La barbe ! Elle n'avait qu'à rester dehors dans le froid, cette vieille sorcière. Qu'elle gèle donc sur place !

On sonna de nouveau. Lenore, faisant porter tout son poids sur une seule jambe, mis les mains sur ses hanches, et elle pensa à la bonne chaleur qui régnait dans la maison, alors qu'il faisait si froid dehors. Pour la troisième fois, la sonnette retentit.

Soudain, Lenore se rappela que la porte d'entrée n'était pas verrouillée. Elle ne l'avait pas fermée à clé, ce soir. Elle se demanda qui était à la porte. On ne sonnait plus, maintenant. Le visiteur, quel qu'il soit avait dû repartir. Mais la blonde voulut savoir qui c'était.

En hâte, elle descendit l'escalier et ouvrit la porte. Elle le vit s'éloigner.

– Hé !

Ralph se retourna.

– Viens ici ! fit Lenore.

Revenant vers la maison, Ralph s'arrêta au pied des marches.

– Qu'est-ce que tu voulais ? demanda Lenore.

– Dingo n'est pas là, n'est-ce pas ?

– Entre, fit Lenore. Je veux fermer la porte. Il fait froid, ici.

Ralph monta les marches et entra dans la maison. Lenore referma la porte derrière lui.

– Retire ton manteau, dit-elle.

– Est-ce que Dingo est là ?

– Pas exactement. Retire ton manteau.

Lenore l'examinait de la tête aux pieds.

– S'il n'est pas là, dit Ralph, je vais partir. Vous savez où il est allé ?

– Bien sûr.

– Où ?

– Et pourquoi est-ce que je te le dirais ?

Haussant les épaules, Ralph se dirigea vers la porte.

– Attends une minute, fit Lenore.

– Qu'est-ce qu'il y a ?

– Je veux te parler. Reste là, retire ton manteau, et assieds-toi. A quoi bon te presser comme ça ? Tu ne vas nulle part.

– Qu'est-ce que vous en savez ?

– Je sais beaucoup de choses.

– Ouais.

Posant ses mains sur ses hanches, Lenore hocha la tête et sourit.

Ils échangèrent un regard.

Lentement, Ralph ôta son manteau.

Il faisait bon dans la maison.

Lenore prit le manteau de Ralph et l'emporta dans la pièce voisine.

Ralph se dit qu'il fallait foutre le camp, et vite.

Il s'assit sur le canapé. Lenore revint et s'installa près de lui. Elle avait un paquet de cigarettes.

– Tu en veux une ?

– Merci. J'ai les miennes.

Ils fumèrent. Lenore croisa les jambes. Elle portait une robe de soie très ajustée. Sous sa robe, elle n'avait pas grand-chose. Posant la main sur sa cuisse, elle releva lentement sa robe. Ralph aperçut sa chair grasse, blanche et douce, entre les bas et le bord de la robe.

– Vous pensez que Dingo va bientôt rentrer ? dit Ralph, en se demandant pourquoi il posait une telle question, et pourquoi il ne se dépêchait pas de partir pendant qu'il en était encore temps.

– Je ne sais pas quand il rentrera, répondit Lenore. Et je m'en moque, ajouta-t-elle, lentement.

Se tournant, elle regarda Ralph.

Il contemplait le plancher.

La robe remonta un peu plus.

Lenore se leva.

– Attends-moi une minute. Je reviens tout de suite.

Confortablement assis sur le canapé, Ralph se répétait qui devait partir, et vite. Mais il s'attardait là, sans bouger.

Puis il l'entendit appeler :

– Monte. Je veux te montrer quelque chose.

Se levant, Ralph alla dans la pièce voisine et rafla son manteau. Puis il se dirigea vers la porte. Au moment de l'ouvrir, il hésita, faisant passer son manteau d'un bras sur l'autre.

Le manteau tomba par terre.

Ralph monta l'escalier.

Il entra dans la chambre. Il y faisait sombre ; seule la lumière orangée provenant du couloir l'éclairait un peu.

Elle était appuyée contre sa coiffeuse, les mains sur les hanches. Ses lèvres luisaient, et elle continuait à y promener sa langue. Puis, très lentement, elle avança vers lui. Ralph recula d'un pas, s'arrêta. Lenore s'approcha encore, passa son bras potelé autour de lui, et sa main remonta vers le cou de Ralph, pour jouer sur sa nuque, lui agacer l'oreille, plonger dans ses cheveux. De son autre bras, elle lui entoura la taille et l'attira contre elle. Ralph baissa la tête. Tendant ses lèvres, Lenore colla sa bouche à la sienne, et elle sourit lentement en sentant le bras de Ralph l'entourer et la serrer de plus en plus. Pendant un moment, ils restèrent sans bouger, Lenore ne lâchant pas la bouche de Ralph. Puis elle lui couvrit le visage de baisers, avant de lui reprendre la bouche. Lenore fit pénétrer sa langue entre les lèvres de Ralph. Tout en reculant, elle l'attira à elle, et ils se retrouvèrent sur le lit. Elle l'embrassait toujours ; elle commença à le déshabiller. Elle ouvrit la chemise de Ralph, tandis qu'il entourait de la main un de ses seins lourds. Puis elle défit les boutons de ses bretelles, desserra son pantalon, le lui ôta et le jeta sur le plancher. Ralph commença à s'écarter d'elle ; Lenore roula sur lui, le saisit à bras-le-corps, et colla ses lèvres au siennes de nouveau.

Ralph fermait les yeux. Lenore savait qu'elle le tenait. Roulant sur le dos, elle l'entraîna avec elle. Puis elle sentit qu'il tentait de lui échapper. Elle comprit qu'il avait peur. Mais maintenant, il était sur elle, et la tenait serrée avec une force prodigieuse. Il essayait de la lâcher, mais il n'y arrivait pas. Lenore le plaqua contre elle, soudant sa bouche à celle de Ralph. Elle l'attirait vers elle aussi fort qu'elle le pouvait, car elle savait qu'il essayait de se libérer, et il aurait suffi qu'elle se relâche une fraction de seconde pour que Ralph lui échappe. Et celui-là, elle ne voulait pas le laisser filer. Il lui plaisait ; il était mieux que les autres. Il avait une poigne impressionnante. Il avait peur, pour l'instant, mais cela lui passerait, et Lenore ne le lâcherait plus. Elle ne pouvait pas le laisser lui échapper. Elle le tirait vers elle, sans relâcher son étreinte, et soulevait les reins pour se coller à lui. Il essayait toujours de se libérer. Non, elle ne pouvait pas le laisser partir. Tout à coup, Lenore sentit les doigts de Ralph se planter dans ses bras, juste au-dessus du coude. Cela faisait mal. Elle crut qu'il cherchait à lui briser les bras. Ouvrant les paupières, elle scruta le visage de Ralph, plongeant son regard dans celui de l'homme. Elle eut soudain très peur, et sa respiration se fit plus rapide, oppressée. Elle avait la bouche ouverte et voulait crier, mais aucun son ne franchissait ses lèvres. Et elle ne pouvait plus détacher son regard du sien. Ralph lui faisait mal, maintenant. Il la serrait si fort qu'elle haletait, la tête rejetée en arrière. Elle avait le souffle court, mais elle gardait les yeux ouverts. Elle ne pouvait s'empêcher de regarder ceux de Ralph. Puis sa bouche s'ouvrit toute grande, ses lèvres frémirent, et son corps tout entier se mit à trembler, parce qu'il la pénétrait avec une force, une énergie comme elle n'en avait jamais connues. Lenore fermait les yeux, les dents serrées. Un mince sifflement lui échappa quand elle respira. Puis elle commença à gémir. Et tout en gémissant, elle souriait. Maintenant, elle avait trouvé un homme qui savait la prendre comme une bête.

14

Tout en cassant la coquille d'une pistache entre ses dents, George entra chez Ken. Au dehors, le soleil du dimanche après-midi était bien pâle.

Ken se mit à parler de la Floride.

– Je te jure, si je reste une semaine de plus dans cette ville, je deviens cinglé. Cette fois, c'est décidé. Je fonce tout droit jusqu'en Floride. Et je fais mon trou chez les rupins dorés sur tranche.

La porte s'ouvrit et Dingo fit son apparition.

George et Ken le regardèrent, et partirent d'un éclat de rire.

– Salut les gars, dit Dingo.

George et Ken ne pouvaient plus s'arrêter de rire. Dingo se demanda pourquoi. Inspectant sa tenue, il s'aperçut que sa braguette était ouverte.

– Qu'est-ce que ça veut dire ? fit-il en se reboutonnant.

George désigna la fenêtre.

– Regardez toute cette neige.

– Il faudrait avoir une luge, dit Dingo.

– Quoi ? fit Ken.

– Une luge, répéta Dingo. C'est un temps à faire de la luge. J'adore ça.

– Mais écoutez-le ! dit Ken.

– Si j'avais une luge, reprit Dingo, je monterais en haut d'une côte, la plus haute possible, et je descendrais à toute vitesse. J'en connais une, à Germantown, où un type s'est cassé le cou, l'année dernière, tellement il allait vite. J'aimerais bien avoir une grande luge.

Ken vint se placer devant le piano, près de la section des basses, et plaqua quelques accords.

Dingo poursuivit :

– Une luge. c'est exactement ce que j'aimerais avoir. Si j'en avais une, je dévalerais toute la rue avec. Regardez comme la rue descend. J'aimerais trouver une rue qui descendrait tout le temps, sans s'arrêter. Vous croyez que ça existe, des rues comme ça ?

– Des rues comme quoi ? demanda George, qui contemplait le plancher en pensant à tout ce qu'il aimerait avoir, lui aussi.

– Ne fais pas attention à lui, dit Ken, avant de plaquer un nouvel accord.

Dingo suivait toujours son idée :

– Une rue qui descendrait tout le temps. Pas une rue. Je veux dire une côte. Je monterais sur ma luge. Je descendrais la côte, et il y aurait plein de glace par terre, et comme ça, j'irais très très vite. Je battrais tous les records.

S'écartant du piano, Ken regarda Dingo.

– Et si je t'en montrais une, moi, de côte ? Qu'est-ce que tu ferais ? demanda-t-il.

– Il faudrait qu'elle soit verglacée, et ça glisse vraiment bien. Et après ?

– Après ? Je descendrais la côte sur ma luge.

– Et tu glisserais jusqu'en bas, dit Ken.

– A toute vitesse, fit Dingo.

– De plus en plus vite.
– C'est ça.
George releva la tête. Il demanda :
– Et comment tu ferais pour remonter ?
– Pourquoi est-ce que j'aurais besoin de remonter ? s'étonna Dingo. La côte descend tout le temps. Et moi, je glisse sans m'arrêter.
– Tu glisses, fit Ken.
– Ça vaut mieux que de grimper, dit Dingo.
– Une côte qui n'arrête pas de descendre, répéta Ken. Et toi, tu glisses sur ta luge, de plus en plus vite.
– De plus en plus vite et encore plus vite, insista Dingo.
– Et où tu vas trouver une côte comme ça ? demanda George.
– Paye-moi une luge, et j'en cherche une tout de suite, répondit Dingo.
– Ça n'existe pas, des côtes comme ça, déclara Ken.
– Tu es sûr de ce que tu dis ? fit Dingo.
George et Ken s'esclaffèrent.
La porte s'ouvrit, et Ralph entra. Il portait un gros pull par-dessus son costume de flanelle grise.
Ken regarda Ralph.
– Tu m'as l'air soucieux, aujourd'hui.
– J'ai laissé mon manteau chez Dingo, hier soir, répondit Ralph.
– C'est vrai, dit Dingo. Je l'ai aperçu là-bas.
– J'étais passé voir si Dingo était là. Je pensais vous trouver tous chez lui. Mais il n'y avait personne quand je suis venu.
– Tu ne sais pas ce qui nous est arrivé ? demanda Ken.

Ralph secoua la tête.

Ils lui racontèrent comment les filles avaient gâché leur soirée en leur posant un lapin.

– C'est vraiment dommage qu'on n'ai pas pu faire la fête. Je vais passer d'autres coups de téléphone. On va organiser une autre soirée la semaine prochaine.

– Ecoute, Dingo, dit Ralph, tu veux bien récupérer mon manteau ?

– Bien sûr.

– J'aimerais bien que tu ne tardes pas trop à le faire. J'ai froid, dehors, avec ce pull.

– Je vais aller le chercher tout de suite, proposa Dingo.

– Ce n'est pas la peine que tu fasses un aller et retour spécialement pour ça, dit Ralph. Je peux attendre.

– Comment se fait-il que tu aies oublié ton manteau chez Dingo ? demanda Ken.

Ralph haussa les épaules.

– Ce genre de trucs m'arrive tout le temps.

– Quand je suis rentré, dit Dingo, je l'ai vu par terre.

– Par terre ? s'étonna Ken.

– Près de la porte, précisa Dingo.

Les yeux fixés sur Ralph, Ken insista :

– Comment ça se fait ?

– En attendant Dingo, répondit Ralph, je crois que j'ai dû m'endormir. Je suppose que j'étais dans le brouillard en me réveillant. Je n'étais pas très en forme, en tout cas.

– Ouais, mais quand tu es sorti dans le froid, ça ne t'a pas fait penser à ton manteau ? dit Ken.

– Non, fit Ralph.

– Ça paraît quand même bizarre, conclut Ken.
– Je vais te le chercher, dit Dingo.
– Laisser son manteau par terre, murmurait Ken. Par terre, près de la porte, et sortir de la maison sans rien, par ce froid de canard...
Dingo regarda le pull de Ralph et annonça :
– Je vais chez moi et je te rapporte ton manteau.
– Je ne veux pas te déranger avec ça maintenant, dit Ralph.
– Ne sois pas ridicule, fit Dingo.
Enfilant son pardessus déchiré, il sortit de la maison.

Il était trois heures moins le quart de l'après-midi. Lenore venait de terminer son petit déjeuner. Elle était installée dans le salon, sur le canapé, et elle feuilletait un nouveau magazine illustré consacré à la vie nocturne de Manhattan et de Hollywood.
Au premier, une dispute opposait Clarence à sa mère.
Lenore tourna une page, y jeta un coup d'œil, puis examina ses mules et les bords de son pyjama de satin orange pâle. Elle glissa sa main sous son genou, et la fit remonter en frottant le satin, qui était lisse et bien tendu contre la chair de sa cuisse. Elle recommença plusieurs fois à se frotter la cuisse d'avant en arrière.
Une porte claqua, à l'étage, et sa belle-mère déclara, en parlant très fort :
– Je ne veux pas en entendre parler ! Laisse-moi tranquille ! Laisse-moi tranquille, laisse-moi tranquille, laisse-moi tranquille !
Tournant une nouvelle page, Lenore la regarda, puis elle lança :

– Mais fermez-la, bon Dieu !

Au premier, la mère et le fils s'étaient mis à crier, à hurler. Des portes s'ouvraient, claquaient.

Lenore mit sa main entre ses jambes et pressa lentement le satin doux et lisse contre sa chair.

Dingo entra.

– Comment vas-tu ? dit-il.

Les yeux fixés sur son magazine, Lenore répondit :

– Fous-moi la paix.

– Où est le manteau de Ralph ?

– Quoi ?

– En rentrant, hier soir, j'ai vu le manteau de Ralph par terre, près de la porte. Je l'ai posé sur une chaise, à côté. (Dingo désigna la chaise. Elle était vide.) Où est le manteau ?

Lenore fixait toujours sa page.

– Qu'est-ce que j'en sais, moi ? fit-elle.

– Dis-moi où tu as mis ce manteau, insista Dingo.

– De quoi tu parles ?

– J'aimerais qu'ils fassent moins de bruit, là-haut ; je n'entends même pas ce que je dis.

– Ecoute, fit Lenore. Tu vas me foutre le camp d'ici et arrêter de me casser les pieds.

– Où as-tu mis le manteau ? répéta Dingo.

– Va voir ailleurs si j'y suis.

– Il fait froid dehors, dit Dingo. Il fait vraiment très froid. Ralph n'a pas de pardessus. Il porte un gros pull...

– Très intéressant, murmura Lenore en tournant une nouvelle page qu'elle regarda attentivement.

– Dis-moi où tu as mis ce manteau.

Jetant le magazine par terre, Lenore se leva d'un

bond et se mit à hurler :

– Fous-moi le camp d'ici et laisse-moi tranquille ! Mais qu'est-ce que ça veut dire ? Tu m'accuses de voler des manteaux, maintenant ? Retourne voir ton copain. Dis-lui que s'il veut son manteau, il n'a qu'à venir le chercher lui-même. Va donc lui dire ça. Allez. Vas-y. Retourne là-bas et dis-lui ça de ma part.

– Il fait froid, dehors, dit Dingo.

– Tant mieux, fit Lenore.

– Qu'est-ce que je dois lui dire ? demanda Dingo. Si tu voulais bien me le répéter plus lentement...

– Répète-lui de ma part que s'il veut son manteau, il n'a qu'à venir le chercher lui-même. Allez. Va lui dire ça.

Dingo se dirigea vers la porte. Puis, se retournant, il regarda Lenore. Il ne se demandait pas pourquoi Lenore voulait obliger Ralph à venir chercher son manteau. Tout ce qu'il savait, c'était qu'il faisait très froid dehors, et qu'un gros pull n'était pas suffisant pour vous tenir chaud. Il voulait que Ralph récupère son manteau. Il sortit, et remonta la rue à toutes jambes, pour retourner chez Ken. Ralph n'y était plus. Ken demanda à Dingo où il courait comme ça. Dingo ne répondit pas. Il était très pressé. Il fonça jusqu'à chez Ralph. C'est Ralph en personne qui lui ouvrit la porte. Dingo lui répéta ce qu'avait dit Lenore.

Ralph baissa la tête. Puis, regardant Dingo, il lui demanda :

– Tu veux bien faire quelque chose pour moi ?

– Bien sûr, dit Dingo.

– Retourne voir Lenore, et dis lui que je vais venir chercher mon manteau. Dis lui que je passerai dans un moment... dans quelques heures. Et en attendant, ne parle de cette histoire à personne.

Dingo rentra chez lui en courant et transmit le message à Lenore.

– C'est tout ce qu'il a dit ? murmura Lenore, les yeux fixés sur son magazine, tout en caressant le satin lisse de son pyjama orange, tendu à craquer sur sa cuisse douce et grasse.

– Oui, c'est tout, confirma Dingo.

Il se dirigea vers la porte.

– Où vas-tu ?

– Chez Ken.

– Combien de temps vas-tu y rester ?

– Toute la soirée, je pense, répondit Dingo.

– C'est parfait.

– Quoi ?

– Rien.

Dingo ressortit. Il prit la direction de la maison de Ken, mais il s'arrêta brusquement alors qu'il était presque arrivé. Il fit demi-tour. Il pensait à Lenore, à tout ce qu'il savait à son sujet. Il se rappela le jour où il avait vu sa belle-sœur descendre d'une décapotable, devant la maison, aux premières lueurs de la matinée. Une autre fois, il l'avait aperçue, sortant d'une maison du quartier ; un homme était sorti derrière elle en courant, l'avait rattrapée, et ils avaient commencé à se disputer. Dingo avait entendu ce qu'ils s'étaient dit, et de quels noms ils se traitaient.

Il revoyait clairement ces deux scènes, et d'autres encore. Un matin, vers cinq heures, il rentrait chez lui quand il avait vu Lenore, devant la maison, en compagnie d'un homme. Discrètement, il avait fait un détour par la ruelle, et il s'était approché d'eux sans se faire voir pour surprendre leur conversation. Lenore disait à l'homme qu'il avait tout intérêt à filer doux, parce qu'elle en savait suffisamment long sur son compte pour lui attirer de gros ennuis. S'il voulait avoir la paix, il devait lui obéir au doigt et à l'œil, et ne rien dire à personne. Dingo pensait à tout ça, et à la façon dont Lenore expliquait toujours à Clarence qu'elle allait voir sa sœur malade. Il se rappelait ces nuits, ces nombreuses nuits où Lenore était censée se trouver chez sa sœur, et où il l'avait vue descendre d'une voiture, remonter la rue au bras d'un homme, ou sortir d'une maison du quartier.

En pensant à Lenore, il pensait à Ralph. A Ralph. A Ralph et à son manteau. Et au message que Lenore l'avait chargé de transmettre : Ralph devait venir chercher son manteau lui-même. En songeant à ce détail, Dingo se souvint de cette nuit où sa belle-sœur avait découvert Ralph qui dormait, ivre-mort, sur le canapé, et de la façon dont elle l'avait regardé. Dingo se dit que ça ne servait à rien de réfléchir à la situation, parce qu'il ne pouvait pas y changer quoi que ce soit. Mais il ne pouvait pas s'empêcher de plaindre Ralph. Haussant les épaules, il se remit en route pour aller chez Ken. Ses lèvres remuaient, et il répétait à voix haute, pour lui tout seul :

– Qu'est-ce que ça veut dire ?

Au premier, le bruit était infernal. Des portes claquaient. Les cris répondaient aux hurlements.

Dans le salon, Lenore était toujours installée sur le canapé. Allongée sur le flanc, elle tournait lentement les pages de son magazine illustré. De l'autre main, elle caressait la surface lisse et douce du satin qui moulait ses formes. Lentement, sa main glissa le long de sa colonne vertébrale, puis escalada sa hanche, pour redescendre en suivant la rotondité de sa chair grasse et douce, palpant lentement la douceur du satin, la douceur de la chair.

A l'étage, Clarence criait.

Levant la tête en direction de l'escalier, la blonde hurla :

– Mais fermez-la, bon Dieu !

Sa belle-mère courut se réfugier dans une chambre et claqua la porte.

Clarence la suivit sans cesser de beugler.

Lenore lança :

– Descends-moi ma boîte de bonbons !

Elle eut un sourire satisfait ; elle savait comment cela allait se terminer. Inévitablement, après ce genre de scène, la mère et le fils fuyaient tous les deux la maison en courant.

Sa belle-mère glapissait :

– Laisse-moi tranquille ! Oh, mon Dieu, pourquoi est-ce qu'il ne me laisse pas tranquille ?

– Et si je te laissais tranquille une bonne fois pour toutes ? Hein ? Qu'est-ce que tu ferais ? Imagine que je te laisse toute seule, justement ? Que je te débarrasse de ma présence ?

Se laissant lentement glisser du canapé, Lenore alla jusqu'au pied de l'escalier et brailla :

– Dis-le lui, Clarence, dis-le lui !

– Oh, mon Dieu, je n'en peux plus ! clama Mrs Wilkin.

Elle descendit l'escalier en hâte, se tordit les bras en essayant d'enfiler son manteau. Elle criait et sanglotait en même temps et faillit tomber de tout son long. Sans regarder Lenore, elle sortit de la maison en courant.

Clarence dévala l'escalier à son tour. Il haletait, pantelant. Il ouvrit la bouche pour dire quelque chose, s'étrangla, voulut crier, et s'étouffa de nouveau. Enfin, dans un souffle, il demanda :

– Où est-elle allée ?

Posant ses mains sur ses hanches, Lenore répondit :

– Mais comment veux-tu que je le sache ?

Clarence enfouit son visage dans ses mains et secoua la tête.

Lentement, la blonde tourna la tête vers lui et le regarda. Elle avait la bouche ouverte ; sa langue se promenait doucement sur ses lèvres pour les humecter, disparaissait pour récolter un peu de salive, et recommençait le même manège. Puis Lenore dit à Clarence :

– Tu ferais peut-être bien de sortir pour chercher ta mère. Il vaudrait mieux que tu la retrouves avant qu'elle fasse une bêtise.

– Mon Dieu... Qu'est-ce que tu veux dire ?

– Je te conseille de partir à sa recherche, insista Lenore.

Se précipitant dans la pièce voisine, Clarence empoigna son manteau et son chapeau. Arrivé devant la porte, il boutonna son manteau et enfonça son chapeau jusqu'aux yeux. Puis il repartit à toute vitesse dans l'autre pièce, ouvrit un placard et en sortit un cache-nez. Il revint en courant dans le salon. Il haletait. Déboutonnant son manteau, il passa le cache-nez autour de son cou, referma le manteau et quitta la maison à toutes jambes.

La blonde monta au premier et en revint avec sa boîte de bonbons. Sur le canapé, elle s'installa sur le flanc, mit un bonbon dans sa bouche, et tourna lentement les pages de son magazine. En regardant par la fenêtre, elle vit la neige, la glace et le vent, et tout ce froid qui régnait dehors. Elle sourit, et tendit la main pour saisir un énorme bonbon.

15

Lorsqu'elle entendit un bruit de pas raclant la glace du trottoir, Lenore regarda par la fenêtre. Elle vit Ralph monter les marches.

Quand il entra dans la maison, elle tournait tranquillement les pages du magazine illustré.

– Je suis venu chercher mon manteau, dit-il.

Lentement, la blonde leva les yeux. Elle se déplaça légèrement sur le côté.

– C'est tout ce que tu es venu chercher ?

– Ouais.

– Tu en es sûr ?

– Ouais.

– Viens ici, toi, dit-elle. Approche-toi un peu.

– Pas question.

– Viens ici, je te dis.

– Rien à faire. Je suis venu récupérer mon manteau.

– Et après ?

– Après, je sors d'ici en vitesse.

– Et ensuite ?

– C'est tout, fit Ralph.

– Oh, c'est ce que tu crois ? dit posément Lenore.

Couchée sur le flanc, elle roulait lentement d'arrière en avant sur le canapé, et à l'endroit où le satin moulait ses formes pleines et rondes, elle caressait le tissu de sa main en un mouvement circulaire.

– Donne-moi mon manteau, demanda Ralph.

– Pourquoi es-tu si pressé ?

– Je veux mon manteau, et ensuite je veux m'en aller.

– Qu'est-ce que tu as ? Tu n'aimes pas cette maison ?

– Non.

– Pourtant, tu avais l'air de te plaire, ici, hier soir.

– Hier soir, c'était hier soir, dit Ralph.

– Ah bon ? C'est comme ça, hein ? fit Lenore en rejetant lentement la tête en arrière.

– Ouais.

– Eh bien, non. Ça ne se passera pas comme ça du tout, vois-tu.

Nonchalamment, la blonde se leva du canapé. Puis elle s'approcha très vite de Ralph, se planta devant lui, presque à le toucher. Et, le regardant bien en face, elle déclara :

– La situation est très différente de ce que tu imagines. Tu crois que je vais te rendre ton manteau, que tu pourras t'en aller, et qu'on en restera là. Mais je n'ai pas envie de te renvoyer chez toi. A partir de maintenant, tu viendras ici chaque fois que je te le demanderai.

– Mais qu'est-ce que tu racontes ? fit Ralph en s'écartant d'elle.

Lenore se rapprocha de nouveau.

– Tu es peut-être idiot, dit-elle. Il va sans doute falloir que je te fasse un dessin.

– Quoi ?

– Tu sais très bien de quoi je parle.

– Non, je ne vois pas.

– Ose donc me dire que tu ne savais pas ce que tu faisais hier soir.

– Si, je savais ce que je faisais.

– Ça, tu peux le dire.

– Ecoute, qu'est-ce que tu veux, au juste ?

La blonde s'éloigna de Ralph pour l'examiner de la tête aux pieds. Puis, posant les mains sur ses hanches, elle répondit :

– Ce que je veux, c'est ce que tu as à m'offrir. Il y a longtemps que je cherche. Et aujourd'hui, j'ai enfin trouvé. J'ai trouvé quelque chose qui m'excite comme une folle, et puis qui me sonne complètement. C'est ce que j'ai toujours voulu. Et tu crois que je vais m'en séparer, maintenant ? Tu t'imagines que je vais laisser filer ça en te regardant franchir cette porte ? Réfléchis une minute.

Ralph fronça les sourcils. Il secoua légèrement la tête, comme s'il ne saisissait pas très bien où la blonde voulait en venir. Il lui demanda :

– Tu fais des projets d'avenir ?

– Ils sont déjà faits.

– Ah, oui ? dit Ralph. Eh bien, tu n'as plus qu'à faire une croix dessus.

L'agressivité que Lenore lut dans son regard la fit sourire.

– Tu es trop mignon, dit-elle. C'est ça qui me tue. J'ai envie de te pincer. J'ai envie de courir en ville pour t'acheter des cravates. C'est la première fois qu'un homme me fait cet effet-là.

– Donne-moi mon manteau et laisse-moi sortir d'ici.

– Où iras-tu ?

– Je n'en sais rien.

Lenore hocha la tête, comme si elle s'était attendu à une pareille réponse.

– Je suis sûre que tu ne saurais pas où aller. Tu ne sais pas ce que tu vas faire ce soir. Ni ce que tu feras demain. Ou après-demain. Qu'est-ce que tu es ? Qu'est-ce que tu fais dans la vie ? Tu traînes au coin de la rue. Comme tous les autres minables. Tu as trente ans, et qu'est-ce que tu possèdes ?

– Rien.

– Et c'est ça que tu veux ?

– Ça ne me donne pas beaucoup de soucis. Je n'ai pas à m'inquiéter de perdre ce que j'ai. Puisque je n'ai rien à perdre.

La blonde hocha la tête énergiquement, et cela prit Ralph au dépourvu, car il eut l'impression qu'elle était parfaitement d'accord avec lui. Brusquement, les manières de Lenore changèrent du tout au tout. Elle se fit plus douce, et au ton de sa voix, Ralph décela chez elle une certaine compassion, et une part de compréhension, aussi. Se dirigeant vers le canapé, elle s'y laissa tomber et contempla le mur, à l'autre bout de la pièce.

– Toi et moi, déclara-t-elle, nous avons beaucoup de choses en commun.

Ralph ne sut pas quoi dire, ni comment prendre ce genre de réflexion. Il essaya de deviner une stratégie dans cette attitude nouvelle que Lenore venait d'adopter tout à coup, mais elle lui donnait le sentiment d'être sincère, comme si elle ne se doutait absolument pas de l'impression qu'elle produisait sur lui. Ralph ne pensait plus à son manteau, ni aux projets auxquels la blonde avait fait allusion. Il consacrait toute son attention à observer Lenore, impatient d'entendre ce qu'elle allait dire ensuite.

– Toi et moi, nous vivons dans une période difficile, dit-elle, les yeux toujours fixés sur le mur. Je suis plus âgée que toi, et je vois donc les choses plus clairement. On essaie de se convaincre qu'on pourrait faire mieux que ce qu'on fait, et de temps en temps, on a une idée brillante et on essaie de la mettre en pratique. Mais ça ne marche jamais. On ne peut pas descendre d'un manège qui n'arrête pas de tourner. Il y a longtemps que je rêve d'un bel appartement et d'un piano jaune. (Son bras potelé désigna la sinistre salle de séjour.) Et voilà ce que j'ai.

Glissant sa main dans sa poche de pantalon, Ralph en sortit un paquet de cigarettes. Il en mit une à sa bouche, en offrit une à Lenore et gratta une allumette.

La blonde aspira une longue bouffée, et la laissa s'échapper en petits nuages irréguliers, tout en disant :

– Mais qu'est-ce qui ne va pas, chez nous ? Ce qui ne va pas, c'est qu'on veut toujours avoir quelque chose de plus. Sans arrêt, on cherche à posséder des choses nouvelles. Et quand on a ce qu'on désire, on imagine toutes sortes de combinaisons insensées pour ne plus le lâcher. Comme le scénario que j'avais pensé utiliser contre toi.

Lenore rit doucement. Elle se moquait d'elle-même, en fait. C'était un petit rire, à peine audible.

– Ecoute bien, ça va te plaire, dit-elle. Je trouve

ça drôle rien que d'y repenser. La blonde regardait toujours le mur. J'avais décidé de déchirer ma robe, de faire un raffut de tous les diables, et de crier au viol.

– Brillante idée.

– Qui a dit que j'étais intelligente ?

Traversant la pièce, Ralph vint s'asseoir dans un fauteuil délabré. La tête baissée, il expira la fumée de sa cigarette vers le plancher.

– Je me demande où je serai dans dix ans, dit-il.

– Il n'y a qu'une chose dont tu peux être sûr : tu auras dix ans de plus.

– Ce n'est même pas certain, fit Ralph. Je serai peut-être déjà mort.

– Tu t'attends à être renversé par un camion ?

– Ça pourrait arriver.

– La planète entière pourrait sauter. Ça aussi, c'est possible.

Ralph observait la fumée de sa cigarette, qui s'échappait de ses lèvres pour se répandre sur le plancher.

– Tu penses beaucoup à ce genre de choses ?

Lenore secoua la tête.

– Presque jamais. Je ne pourrais pas te dire quand j'y ai pensé pour la dernière fois. Les gens avec qui je vis, ce n'est pas le genre de personnes qui t'incitent à te poser des questions. Ça ne me dérange pas, remarque. Je suis contente de ne pas passer mon temps à me prendre la tête à deux mains. Les gens qui pensent beaucoup, de nos jours, ce sont ceux qu'on voit sauter par les fenêtres. En 1928, c'était différent. Grands dieux, en 1928, j'étais mariée à un homme qui valait trois cent mille dollars. On avait deux Packards. Un an plus tard, il se suicidait.

– Qu'est-ce que tu as fait ?

Lenore haussa les épaules.

– Je me suis mise à chercher un autre mari.

Ralph passa une jambe par-dessus l'accoudoir du fauteuil.

– Tu ne perds jamais de temps, hein ?

– Pourquoi en perdre ? Celui qu'on a nous est compté, il ne faut pas en espérer une minute de plus. Toi, il te reste dix ans avant d'atteindre la quarantaine. Moi, il ne m'en reste que quatre. Mais je ne crois pas au Père Noël. Je sais que je suis coincée ici, dans cette maison. Quand je menace Clarence de le quitter, il me répond qu'il se tuera. Et il le ferait, d'ailleurs. Il suffit de l'entendre. Ça ne ressemble pas du tout à la façon dont il parle d'habitude. Sa voix se fait de plus en plus grave, il me dit ça, et puis il s'en va, tout simplement.

– Et c'est ce qui te retient de faire tes valises ?

La blonde hocha la tête.

Ralph se pencha légèrement en avant.

– Et qu'est-ce que je viens faire là-dedans, moi ?

– Je veux seulement que tu restes dans les parages, répondit-elle. Je veux te voir une ou deux fois par semaine.

– Quoi d'autre ?

– C'est tout. Je ne te demande rien de plus.

Ralph se mordit le bord de la lèvre. Quelque chose se planta au plus profond de sa mémoire. C'était comme un crochet qui essayait de déterrer des souvenirs enfouis pour les ramener à la surface. Il s'entendit répondre :

– La seule question, c'est de savoir limiter ses ambitions. Je ne suis qu'un traîne-savate qui passe son temps planté au coin de la rue. Je ne peux pas espérer grand-chose de plus que ce que tu me proposes.

Ralph gardait la tête baissée. Il fermait les yeux. Dans le noir, derrière ses paupières, il voyait la maison miteuse où vivait Edna Daly. Edna se tenait sur le seuil. Pendant un moment, il la vit clairement, puis, peu à peu, son image s'effaça, comme une vision arrachée à un rêve. Ralph ouvrit les yeux, pour découvrir la grosse blonde assise sur le canapé.

Lenore leva d'index et lui fit signe de s'approcher. Et Ralph alla vers elle.

ACHEVÉ D'IMPRIMER
SUR LES PRESSES DE
L'IMPRIMERIE TARDY QUERCY
A CAHORS (LOT)

Imprimé en France
N° d'impression : 6535
Dépôt légal : juillet 1986